詩人はすべて宿命である

萩原朔太郎による
詩のレッスン

詩人はすべて宿命である

萩原朔太郎による詩のレッスン

はじめに

本書は、二十世紀前半の近代日本語詩を代表する詩人・萩原朔太郎（一八八六〜一九四二）による詩歌の鑑賞、彼の愛する詩人たちにかんするエッセイ、また、第一詩集『月に吠える』（一九一七年）から、生前最後の詩集『宿命』（一九三九年）にいたる自作解説等をあつめ、「萩原朔太郎による詩の入門」と「萩原朔太郎の詩の入門」書を意図した。

生前の朔太郎は、「詩」の根本的な概念を探求した空前の書『詩の原理』（一九二八年）や詩論集を著《あらわ》す一方で、まとまった入門書は残さなかった。けれども機会あるごとに、柔軟で鋭利な批評精神とともに、彼自身をふくむ、同時代の詩と詩人と、日本語に向き合い、読者である私たちに、その特質や魅力を語りかける言葉を綴《つづ》りつづけた。

本書ではそれを三部構成にまとめ、それぞれ「詩の鑑賞・詩の理論・ことば」「朔太郎の評価した詩人たち」「自作詩・詩集について」とし、巻末に、読者の理解の助けのため、編者それぞれの解説と解題、朔太郎の生前主要著作一覧を付した。もちろん、興味関心のある部分から読んでいただいても、最初から通読いただいてもかまわない。

ここに収録した朔太郎の言葉たちは、近代の詩と詩人にかんする最良の案内者であり、その詩観・日本語観は現代においても新鮮に、未来に向けてひらかれている。

詩歌を愛するかたがたに、ご愛読いただければ幸いである。

編者代表　安　智史

凡例

・底本には『萩原朔太郎全集』（筑摩書房一九七五～七八年、全十五巻。補訂版一九八六～八九年、補巻を加え全十六巻）を使用し、初出、初版等を参照して一部訂正を加えつつ、本文を決定した。
・漢字は一部を除いて新字に直し、仮名遣い、送り仮名、捨て仮名（小書き文字）等は原文のままとした。
・編者の判断で、適宜ルビを加えた。ルビは原文にあったもの、追加したもの、ともに新仮名を原則とした。ただし詩歌中の原文のルビは、原文の仮名遣いを生かした。
・〔　〕内は編者による注記である。

目次

II　朔太郎の評価した詩人たち

目　次

Ⅲ　自作詩・詩集について

I　詩の鑑賞・詩の理論・ことば

詩の作り方

「詩の作り方」を書いた本があるといふので、早速《さつそく》一部買つて見た。なぜなら私自身、近頃詩が作れなくなつて困つて居《い》たからである。世にもし詩の作り方を教へてくれる人があつたら、千金を投じて謝礼しても好《よ》いと思つた。だが、私の買つた本は詰らなかつた。それには用もない西洋の詩の話や、日本の和歌俳句の韻律、それから自由詩の歴史、部門、系統、現詩壇のイズムと詩論、引例詩の解説などが書いてあつた。そしてどこにも、肝心の詩の作り方は書いて無かつた。

どうしたら詩が作れるか？　といふ質問は、どうして詩が作れないか？　といふ反問の方から帰納的に解答される。詩を作ることの先行条件は、詩的感動を心に持つことである。詩的感動さへ心に浮べば、言葉は自然と湧き出して来る。ところがこの詩的感動といふ奴が、中々やつかいな気まぐれ者で、此方《こちら》の自由意志でどうにもならない。飲酒、旅行その他の方法によつて、人間は或る程度まで、自分の心を自分で自由に転換し得る。だが詩的感動を自由に呼び寄せるといふことは、自分の力でどうにもならない。しかもそれが来ない中は、一篇の詩さへも書けないのだ。不幸なスランプに陥入つた詩人たちは、旱魃《かんばつ》にあつた農夫と同じことで、毎日毎日天を見ながら、あてにもならない雨を祈つて、ぼんやり暮す外に仕方がないのだ。

かうした宿命的非力の法則から、詩人を自由に救ひ出す法はないだらうか。科学が自然を征服して、宇宙の偶然を必然にし、宿命に対する人間の自由を勝利したやうに、詩人を勝利させる法はないだらうか。今日の科学は旱魃の空に大砲を撃つことで、多少の雨を呼ぶことに成功した。同じ仕方でまた我々も、自由に意志して感興を呼び、随意に詩作し得るやうになれないだらうか？現に今日、或る詩人たちはそれの可能を主張してゐる。彼等の新しい説によれば、人は理智の計画した法則《メソツド》と意匠《プラン》によつて、科学的、数学的に詩を構成し得るといふのである。ブラボオ！これは中々すばらしい説である。だが果して、実際にそんなことが可能だらうか。古来如何《いか》なる芸術文学と雖《いえど》も、理智の悟性的法則によつて作られたものは一つもない。なぜならベルグソンが説明してゐるやうに、理智は概念の法則に従つて軌道するものであり、如何にしても常識の範疇《はんちゆう》以外に飛躍し得ない。理智は直覚の世界に於て無力であり、如何にしても芸術し得ない宿命を持つてゐる。理智が芸術に関して為《な》し得ることは、美の無意識を意識に照して、美学の解説的批判をするに止《とど》まるのである。ポオはかつて「大鴉」の詩を自釈自註し、その詩の構成が、すべてみな科学的用意の方法論によることを説明した。しかし実際には、方法論の方が詩作の後にあつたのである。すべて過程し現象してゐることとは、その進行の途中の偶然である。しかもそれが終つた後では、一切がみな因果の法則で連鎖して居《お》り、予《あらかじ》め計画されて居たやうに見えるのである。そこで画家が感興にのつて描いた絵を、後に美学者が批判する時、一つの線も偶然でなく、美学の公式的数理に合つてることを知つて驚歎する。ポオはこの理を知つて逆に利用し、読者を驚かすことの興味から、彼一流の山師的詐術に用ゐたのである。

理智で詩を作ることが可能だつたら、詩人はさしづめ不用品で、世界のお払ひ箱になる外はない。なぜと言つてこの場合は、機械と数理との高等科学が、タイプライタアによつて言葉を打ち出し、微分数学的な立派な詩を、幾らでも製造してしまふからである。生きた人造人間の製造が、今日に於て一つの「ロマンチックな科学の夢」である如く、科学研究所に於ける詩の製造も、今日の所では先《ま》づ詩人のロマンチックな夢に過ぎない。我々はそんな遠い夢の奇蹟を考へるより、さし当つて現実に必要される「詩の作り方」を考へよう。そもそもどうしたら我々は、自由に詩的感興を呼ぶことが出来るだらうか。

此処《ここ》に私が詩的感興と呼んでるものは、昔は一般に霊感と呼ばれて居たものである。霊感、即《すなわ》ちインスピレーションの語は、エレキレーションなどと同じく、昔は錬金術的な神秘思想をもつて考へられて居た。それは電光の如く、神の啓示の如く、不意に天の一方から現れて来て、詩人の心に秘密を告げるものと考へられて居た。だが今日の詩人は、宇宙の間に、そんなミステリイな精霊があることを信じない。我々の教育された医学上の常識は、それが主として詩人自身の主観に属する、心理上及び生理上の特殊現象であることをよく知つてゐる。霊感は天の一方から来るのでなく、今では詩人その人の日常食物、睡眠時間、性事の関係、酒や煙草の分量、読書、交友、それから普通に精神生活と言はれるところの、心理上の生活様式に内因することが解つて来た。

「余《よ》は如何にしてかくも賢きか」といふ、最高級にまで思ひあがつた自尊心の標示の中で、ニイチェは「天才になる秘訣《ひけつ》」を教へて居る。それによると人間は、日に何瓦《グラム》かの牛肉を食ひ、何リットルかの珈琲を飲み、何米《メートル》かの幅跳び運動をすることによつて、何人《なんぴと》もニイチェとひとしく天才になり得るのである。だがこの秘訣は、唯物論と生物学によつて頭脳を錯乱させた天才の幻影であり、「余は如何にして狂人となつたか」といふ、悲しいニイチェの皮肉な反語にすぎなかつた。もとより詩人と天才は宿命である。いかに牛肉や獅子の肉を食つたところで――ニイチェは肉食を奨励《しようれい》して居る――天質のない人間が詩人に成り得る筈《はず》はない。天性の詩的精神をもたない人間を、此処で私が問題にして居るのではない。ただ最も不自由に困ることは、天質的に詩人と生れ、恵まれた詩的才能を持つて居る人でさへが、インスピレーションの感興なしには、決して詩が書けないといふことである。そしてしかもこの感興は、詩人の予期できない時に於て、稀《ま》れに気まぐれにしかやつて来ない。私はそれを或る仕方で、予期の出来るやうに変更し、人為の手段で自由にすることを考へてゐるのだ。そしてこの工夫が、即ち私のいふ「詩の作り方」なのである。

原則として、詩は異常精神学の産物である。1＋2＝3の常識的法則からは、詩は決して生れて来ない。所が人間の一生といふものは、だれでも皆例外なく（詩人をも含めて）1＋2＝3の常識的経過であり、狂気することなしに、何人もその法則を破り得ない。例へば我々は、空腹になつて食事を考へ、雨に濡れて傘を聯想《れんそう》し、病気になつて医者を思ひ、女房をもらつて世帯のことを考へる。人間の思ふこと、考へること、行為することは、一生を通じて、すべて皆同じ聯想因果の軌道をたどり、1の次に2が現はれ、2の次に3が現れるやうに出来上つてる。もしさうでなく、空腹になつて食事のことを考へなかつたら、我々はただ一日にして死んでしまふ。もし妻をもらつて世帯のことを思はなかつたら、生活そのものが始めから成立できない。人間思惟の法則は人間行為の法則と同じく、天理の実利的な自然法則で規定されてくる。日常生活の一切はみな常識の軌道である。そして常識的である限り、人は詩を作ることが出来ないのである。

それ故《ゆえ》にこそ、詩人は進化論を排斥して、突然変化の無軌道的偶然を求めるのである。12345 67の順位数的な生活からは、同じくまた順位数的な思想しか生れはしない。ただ、稀れに生ずる天災地変で、突然変化的にこの順位数が擾き乱され、生活に異常な動揺が生ずる時、始めて我々は因果の鎖を切断し、常識から自由の天上に飛躍し得る。そこで例へば、ハイネは失恋をした時に、彼の最も美しい詩を作つた。杜甫は官を失つて故郷に帰つた時、最も詩情の高い詩を書いた。

室生犀星は愛児を失つた時、彼の最も哀切な抒情詩（忘春詩集）を作つた。北原白秋は人妻との恋愛事件で苦しんでゐた時、生涯でも最も美しく調べの高い歌（桐の花・思ひ出）を書いた。心に傷《いた》みをあたへるものは、人生に於て皆詩である、と西洋の詩人が歌つて居るが、原則として言へば、生活に烈《はげ》しいショックをあたへるものは、すべて皆詩なのである。なぜならそれは、平凡常識的の生活を掻き乱して、日常の順位数的な思惟に突然変化をあたへるからである。恋をしたことのあるものはそれを知つてる。人生のすべてのことが、まるでちがつた別の様式で考へられ、視られ、思想されてくるといふことを。普通の常識生活に於て、人は夜の次に燈火を考へ、燈火の次に睡眠を考へる。この聯想の法則は順位数的に決定されてる。然《しか》るに恋をしてゐる人々は、夜の次にバラを考へ、バラの次に音楽を考へる。即ち彼等の聯想は、非順位数的、非常識的に飛躍をする。そしてこれが「詩」なのである。

昔の言葉で言ふインスピレーション、今で言ふ詩的感興とは、つまりかうした心理上の異常状態を言ふのである。それは生活の順位数が掻き乱された、突然変化的の時期にのみやつて来る。故にもし諸君にして、その詩的霊感を呼び寄せようと思つたならば、先づ諸君自身の生活に変化をあたへ、順位数的無為を破つて、一大変化への跳躍をする外はない。昔、日本の或る富豪は、彼の俳句の師匠からして、風流の妙味は清貧にありと聴かされ、自ら所産を投げ出して貧に処したといふ話がある。諸君がもし真に詩に熱心だつたら、順位数的生活の安易を捨てて、不幸にすら冒険するがよいであらう。生活の手痛いショックは、必ず諸君の詩を美しくし、感興の多い時間をあたへてくれる。だが諸君にその勇気が無いとしたならば、次にもつとやさしい手段で、だれでも手軽に出来る「詩の作り方」を教へてあげよう。

古来、多くの詩人は阿片《アヘン》を習用した。阿片の主薬はモルヒネであつて、これが大脳の中枢神経を犯す時に、平常の健全なる――といふのは、常識的なるといふ意味である――意識状態がすつかり変調を来してしまふ。阿片に酔つた人々は、２２ガ４の順位数的世界からして、２２が５の超常識的、超現実的な世界に飛翔してしまふ。阿片に酔つてるところの人は、その心意に於てすべてみな詩人である。

だが阿片を喫《の》むには道具がいり、且《か》つその入手が困難である。よつてその代用として、私は阿片《アヘン》丁幾《チンキ》の飲用を諸君にすすめる。これは現に、私自身も試験的に飲用し、多少の薬物学的効果があつた。しかしこれは煙草と同じく、習慣性とならない前には、却《かえ》つて不愉快な嘔吐感をあたへるのみで効果がない。しかも習慣性となることは、中毒病者となることであり、恐るべき結果を予期せねばならぬ。そこで最後に一つ、安全にして簡単な方法を教へてあげよう。昔のアラビア人等は、宗教的エクスタシイに入る目的から、精神錯乱的な音楽の調子に合せて、頭を烈しく左右に振り動かしたといふことである。これはたしかに、現代に於ても有効な方法であり、手軽に或るエクスタシイ（詩的感興）を呼ぶことができると思ふ。次に断食もまた大いに有効である。多くの僧侶や求道者は、法悦の心理を呼ぶために断食した。

だがしかし、すべての中で最も確実に有効なのは、大酒、乱交、不眠、その他の不摂生によつて、身体を過度にひどく疲らすことである。健全な身体に健全な思想が宿り、病的な身体に病的な思想が宿るといふことは真実である。所で私等の詩人が求めて居るのは、その健康な常識的の思想でなくして、反対に病的の思想である。それ故に身体がひどく憔悴し、頭脳がぼんやりかすんでゐる時、普通の筋道の立つた問題など、何一つ考へることも出来ないやうな時には、いつも不思議に詩作のインスピレーションが来るのである。詩を作る場合には、頭が悪いほど善《よ》い智慧《ちえ》が閃《ひらめ》いてくる。あへて売薬「はれやか」なんか、買つて飲む必要はないのである。

以上、私は「詩の作り方」を説明した。研究心の強い読者諸君は、試みに実験して見るも好いであらう。だが最後に言つておくが、私自身はこんな仕方で、かつて一度も詩を作つたことは無かつた。そしてまた未来にも、決してやつて見たいと思つてない。なぜなら詩を作るといふことは、私にとつて魂の嘆きであり、訴へであり、生理的な機能による排泄でもある。私の中に悲嘆がなく、悩みがなく、排泄すべきものがなかつたら、もとより詩なんか作りはしない。詩は悦《よろこ》ばしいものであるけれども、詩を求める人生は幸福ではない。私の知つてる或る女の人が、娘の時に大変善い詩を作つて居た。家庭が複雑して面白くなく、その上に愛人との結婚が出来なかつた。それが後に結婚し、満足な生活に入つてからは、すつかり詩が腑《ふ》ぬけになつて拙《つたな》くなつた。その女の人から手紙をもらつて、どうしたら好いでせうといふ相談を受けた時、私は答へることが出来なかつた。原因は解つてゐるけれども、それを言ふ必要はないのである。詩が拙くなるにしたがつて、人生の悩苦は解消して来る。平和な家庭を攪乱《かくらん》し、自ら幸福を犠牲にしてまで、無理に詩を書く必要がどこにあるか。人生のいちばんの幸福は、順位数的な社会と調和し、平和で常識的な日々の生活をすることである。天才になることの野心の為《ため》に、自己の生活を犠牲にし、幸福を賭けることなんか真ツ平である。況《いわ》んや阿片などの毒物を飲み、無理に健康を害してまでも、人為的に詩興を呼んで芸術するなんてことは馬鹿気切つてゐる。

詩は魂の底の中から、自然に湧き出して生るべきものである。詩は理智によつて構成さるべきものでもなく、阿片によつて呼び起さるべきものでもなく、その他の如何なる手段によつても、決して人為的に作らるべきものではない。古来、多くの詩人等が、好んで阿片や酒の麻酔境に惑溺するのは、詩興を呼ぶための手段でなくつて、現実世界の耐へがたい苦悩からして、逃避するための目的だつた。それ故にボードレエル――阿片惑溺者としてのボードレエル――でさへが、詩作のためにする毒薬使用を戒めて居る。彼は断乎たる調子で言つてる。真の詩人は、意識の統一によつてのみ、詩的エクスタシイに入るべきである。その他の不自然なる方法を用ゐてはならないと。（人工楽園）

要するに結論は、この世に「詩の作り方」などといふ書物が、決して有り得ないといふことに帰着する。天質の詩情と詩才を持たない人に、韻律やレトリックの講義をして、百万遍詩の作り方を教へた所で無益である。反対に天質の詩人等は、何も学ばないで自ら秘密を知つてしまふ。詩人はすべて宿命である。詩の作れなくなつた時期の人は、やがてまたその「運」が廻つてくるまで、虚心に落着いて待つ外はない。「運」といふものは、それを熱心に待つてゐる人には、必ずいつかやつて来る。ポオル・ヴァレリイは、二十年もの長い間、一篇の詩も作らずに居て、しかも詩のことばかり考へて居た。彼の成功はすばらしかつた。

（『コスモス』第一輯一九三五年十一月号）

日本に於ける未来派の詩とその解説

ヹルレーヌ、ボードレエル等によつて発見された象徴派の大精神が、近世の詩壇はもちろん、引いては絵画音楽にまで影響をおよぼしたことは人のよく知る所である。

ここに象徴といふ言葉の定義については、いろいろな人のいろいろな異説があることと思ふ。併《しか》しさういふ文学上の議論はどうでもいい。事実は解りきつたことだ。だれにでも解りすぎるほど解りきつたことである。要するに後期印象派の絵画の精神は、最も徹底した意味での象徴の精神を説明するものである。

即《すなわ》ち「物の概念（物質）を描くことの代りに、物の生命（神経）を描く」といふことである。思ふに象徴に関するあらゆる議論は詮《せん》じつめる所でこの結論に帰元しなくてはならない。

近代の詩が（日本では蒲原有明《かんばらありあけ》氏以来）その主張、流派、傾向の如何《いかん》にかかはらず、その表現の根本精神に於ては、何《いず》れも等しくこの象徴主義の精神に立脚してゐることは言ふまでもない。ただ目下に於ける此《こ》の種の問題の要点は（若《も》し問題があるとすれば）ただ「どの程度まで象徴を取り入れるのが好《よ》いか、悪いか」といふ程度の問題にすぎない。さもなければ象徴に伴ふある種の気稟《きひん》とか趣味とかいふ、言はば其細部《デテール》に関する愛憎好悪の争論である。（たとへばある派の人人はマラルメ風の縹渺《ひようびよう》たる情趣をもつた象徴を愛する。また他の人人はボードレエル風の情味を愛し、他の人はデエメルの香気を好むといふ工合《ぐあい》である。而《しか》して此等《これら》の主張は要するに象徴のにほひに対する各自の趣味性の主張争論に止《とど》まるので、象徴そのものの本質とは関係のないこと言ふまでもない。）凡《すべ》て此等のことはかの進化論が、今日では何人《なんぴと》も異説をさし挟むことのできない真理として認められるにもかかはらず、今尚《なお》その学説のデテールに関して種種の紛議が絶えないのと同じ現象である。

それ故《ゆえ》、今日の詩壇でもし「象徴派」とも称すべきものがあるとすれば、それは「象徴派中での最も極端な象徴派」といふ意味でなければならぬ。そしてその最も極端な象徴主義の芸術こそ、とりも直さず「未来派」の芸術でなければならぬ。

思ふにカンジンスキイやマリネツチイ等によつて起された未来派の運動は、その芸術上の主張に於て種種の新らしい生命や道徳をもつたものにちがひない。けれども要するにその表現の精神に於ては後期印象派の精神を一層行きつめたものに外ならない。即ち「物の概念（物質）をまるつきり描かないで物の生命（精神）ばかりを描く」といふことであるらしい。象徴主義もここまで詮じつめると余程《よほど》不可思議なものである。そこには物質がなくて神経ばかりが呼吸する唯心《ゆいしん》主義の世界が展開される。日本に於ける此の種の芸術は、絵画の方面では旧「月映」の恩地《おんち》孝氏等によつて久しい以前から宣伝されてゐる。(「月映」告別号に恩地孝氏の発表した「叙情」と題する作は色と線との一種の交錯からその恋人に別れる時の複雑した美しい感情を極めて抒情的に表現したものであつた。)日本では絵画が外の芸術よりも一足先へ進みだしてゐるやうに思ふ。少なくとも絵を描く人人の頭は詩を作る人人の頭よりも聡明で、新らしいものに対する理解があるやうに思ふ。かうした日本の詩壇で山村暮鳥《ぼちよう》氏のやうな詩人が生れたのは、頗る《すこぶ》異数なことととして我我の驚異する所である。何となれば氏の詩篇の中には所謂《いわゆる》「未来派」の精神から出発した作品が少なからずあるからである。しかも氏の詩篇は西洋の「未来派」の詩のやうな不徹底な拙《つたな》いものではなく、氏独特の驚くべき表現と独創とをもつた立派な新芸術である。(凡ての新らしいものが群衆から非難されるやうに、氏の芸術はしばしば難解といふ理由を以《もつ》て非難される。甚だしいのは狂人のウワゴトだと迄罵《までののし》つた人もある。併しかういふ種類の偽《にせ》非難が多くの場合に於て非難者自身の不明と鈍感とを告白するものであることは言ふ迄もない。)私自身の個人的意見から言へば、もちろん此の問題に関しては多くの議論がある。

「言葉に非ず、音である。文字に非ず、形象である。それが真の詩である。」

と山村氏はその詩論にのべてゐる。私はこの説に対しては七分通り賛成で三分通り反対である。その説く所は甚だよし。而してその行為には危懼《きく》を感ずるからである。あまりに進みすぎたるものは、遅れすぎたものよりも危険が多いのである。

とはいへ自分は今ここで此等の芸術に対する可否の論議を述べるのが目的ではない。ただ山村暮鳥氏の詩のもつてゐるある一種の新らしい表現とその独創的なリズムを紹介しようと思ふのである。もちろんそれらは現代の世界詩壇に於ける最も新らしい最も珍らしい現象の一つであるにちがひない。

次の一篇は「聖三稜玻璃《せいさんりようはり》」全巻を通じて最も難解と称されるものである。そして最もよく氏の特質を発揮した詩篇である。題は「だんす」。そこには舞踊そのものが動き画のように描かれて居《い》る。不可思議な生きもののやうな感じがする詩篇である。

あらし
あらし
しだれやなぎに光あれ

「あらし」「あらし」といふ最初の二行の言葉から、読者は突然その前面の舞台を燕のやうに飛び交ふあるものの運動を感知する。それは烈《はげ》しい狂躁的な、それで居てどことなく女性的の優雅さをもつた運動のやうに思はれる。そして「しだれやなぎに光あれ」といふ言葉の感覚から、読者は更にその運動するあるものの容姿を感知することが出来る。それは何となく優雅なしなやかの姿態をもつた若い娘で、全体に光る白つぽい衣装をきてゐる。疑もなくいま読者の前面の舞台では美しい軽快な舞踊が展開されて居るのである。
（「だんす」といふ標題の暗示が此等の感覚に具象な色彩を与へて居ることは言ふ迄もない。）

　あかんぼの
　へその芽

踊り子は軽く腰をかがめた。ここには何となく狡猾《こうかつ》らしい、それで居て愛嬌《あいきよう》のあるしなが感知される。

　　水銀歇私的利亜《ヒステリア》

急に爪先で痙攣《けいれん》的に立あがつた。

はるきたり

この瞬間ではもう優雅な抒情詩的運動にうつつて居る。崩れるやうな気分の変化が眼に見えるやうだ。

あしうらぞ
あらしをまるめ

右足をのばして大きく円を画いた。

愛のさ、も、わ、るに
烏龍茶《うーろんちゃ》をかなしむるか

ここでは非常に複雑した曲線美と、抒情詩風の運動が感知される。形よく肥えた乳房と、肉づきの好い肢体《したい》の種種なる曲線的表情を感知することができる。この感覚の来る原因を考ふるに、主として「ら」行の発音から来るものらしい。「さもわる」「うーろん」「かなしむる」等何れも一種のまるみを帯びる曲線とその運動とを感じせしむる言葉である。

あらしは
　天に蹴上げられ

最終曲の急調なテンポ、狂躁的な運動。一瞬間、踊り子は立止つて片足を高くあげた。その光る靴の爪先は天を蹴る。同時に幕がおりる。

この最後の瞬間に於ける印象、動から静にうつる一瞬間のポーズは非常に美しく鮮明な印象を読者にあたへる。

付記
勿論《もちろん》、この種の詩篇は音楽に於けるシンホニツク、ポエムと同じことであつて、標題なしには意義をなさないものである。そしてその解説も読者の趣味や感覚の相違によつて一人一人に多少の相違のあることは言ふ迄もない。尚、私のこの紹介について何等《なんら》かの異見を抱く人があつたら、是非《ぜひ》聴かせていただきたい。

（『感情』第五号（一九一六年十一月））

大正の長詩鑑賞

大正期に於て、最も花々しく活躍した詩人は、北原白秋氏を筆頭として、川路柳虹、富田砕花、野口米次郎、高村光太郎、福士幸次郎、加藤介春、山村暮鳥、生田春月、西条八十、堀口大学、室生犀星、萩原朔太郎、日夏耿之介、百田宗治、白鳥省吾、千家元麿、佐藤惣之助、福田正夫等の諸氏であつた。実に大正期は、新興日本詩壇の全盛時代であつて、詩人の輩出すること未曽有《みぞう》であり、一々その名を列記するだけでも煩に耐へないほど、名花一時に咲くの盛観を呈《てい》した。

大正期の詩壇は、口語自由詩の新興創立の詩壇であり、正に自由詩全盛の詩壇であつた。日本の新しい詩の歴史は、だれも知る如く明治の新体詩に始まつて居《お》り、七五調の文語体韻文によつて創立された。この文語体韻文形式の詩は、明治の中期に至つて島崎藤村氏等によつて完成された。その後は薄田泣菫《すすきだきゆうきん》氏等の詩人が、次第に七五調の単調を破壊しつつ、為《な》し崩《くず》しにして自由詩の方へ傾向して行つたが、遂に蒲原有明《かんばらありあけ》氏等によつて、全く新体詩を脱却し、完全な自由詩を創建された。そして三木露風氏や北原白秋氏が、この文語体自由詩のフォルムを駆つて、芸術的価値の充実した立派な詩を書き、明治後期の最も光彩ある詩壇を形成した。

かくの如くして、文章語体の新しい詩は、明治時代に発育の進化を途げ、最後に一先《ひとま》づ完成してその歴史を終つてしまつた。次の時代の大正期は、日本詩壇に於ける第二期の新しい出発として、大胆にも口語詩の新世界を開拓した。だが口語、即《すなわ》ち日本現代の日常語といふものは、言語として発育過程の途中にあり、未《いま》だ芸術語としての使用に耐へ得るほど、充分に洗練されて居《い》ない上に、言語上の組織が本来散文的に出来てるので、この口語を使用して詩を書くといふことに、そもそも最初の破綻があり、爾後《じご》の詩壇を低落させて、全く散文的な文学の中に解消させる結果となつた。尤《もつと》も大正期の新詩壇も、その最初はやはり新体詩の出発と同じく、口語で一種の韻文を書かうと試みた。然《しか》るに口語で書く韻文といふものは、俗謡としての小唄や民謡の調子になつて来るので、止《や》むを得ず韻律を断念して、直ちに自由詩の方へ移つて行つた。しかもその自由詩と称するものは、文章語の場合のそれとちがつて、殆《ほと》んど全く節奏を持たないところの散文であり、厳重には「詩」と呼ぶことの出来ないもの、言はば一種の「行わけ散文」であつたのである。

大正時代の詩壇は、実にこの自由詩と称する「行わけ散文」が全盛を極めた。したがつて芸術的にはあまり価値のない詩壇であつて、多数の詩人の花々しき輩出にもかかはらず、その芸術的成果と光彩とは、却《かえ》つて明治後期の完成された詩壇に劣つて居る。要するに大正期の詩壇は、一つの新しい詩形を求めるための冒険的な試作時代、創造時代の詩壇に属して居る。

大正期の初頭に於て、最も活躍した詩人等は、何《いず》れも明治後期から継続した詩人であつた。即ち北原白秋、三木露風、川路柳虹等の諸氏であつた。三氏の中で、川路柳虹氏は早くから口語詩の試作を発表して、最も花々しく活躍した。しかしその口語詩は、何れも試作程度のものであつて、充分の成功を示さなかつた。北原白秋氏は「思ひ出」以後「東京景物詩その他」を書き、大正期の詩壇主潮に乗つて多くの口語詩を書いたけれども、流石大《さすがだい》白秋氏の天才を以《もつ》てしても、この方面の試作は失敗であり、到底《とうてい》文章語自由詩のやうな立派な作品を示すことが出来なかつた。ただ童謡、民謡等の小唄でのみ、口語の軽い韻律を使つて巧みに成功した。白秋氏の真価は文章語詩にある。少しく大正以前の旧作には属するけれども、一代の名詩集「思ひ出」の中の傑作を鑑賞しよう。

糸車、糸車、しづかにふかき手のつむぎ
その糸車やはらかに、めぐる夕ぞわりなけれ

これは「糸車」と題する詩の発端である。何といふ柔らかな、静かな美しい音楽を持つた言葉だ

らう。丁度《ちようど》その糸車が、黄昏《たそがれ》の物やはらかな光の影で、しづかにくるくると廻つて居るやうな感じがする。真の意味で「自由詩」と言ふべきものは、たとへ一定の韻律形態は無いとしても、この詩の程度の美しい音楽は持たねばならぬ。単なる「行わけ散文」では、詩としての価値がないのである。

金と赤との南瓜《たうなす》のふたつ転がる板の間《ま》に
「共同医館」の板の間に
ひとり座りし留守番の、その媼《おうな》こそさみしけれ。

此所《ここ》で金と赤との南瓜を出したのは、奇想天外の着想であり、天才でなければ出来ないことだ。此《こ》の景物が出て来るために、何かの非常に色彩が強い、トカゲの背を見るやうな毒々しい感覚をイメーヂされる。そしてこの異常な刺激的のイメーヂが、床に坐つてる老婆のよぼよぼした寂しい姿や、神秘な老年の夢に耽《ふけ》つてゐる妖しいヴイジヨンを聯想《れんそう》させ、対照のコントラストで一層また老婆の影をさびしく、しつとりと水にぬれたやうに感じさせる。「共同医館」を出したのは、田舎から都会に出て来てゐる雇女《やといめ》の老婆であることを解説する為《ため》の手法である。また同時にその医館が、あまり立派でない小都会の医院で、暗い台所の板の間などの、物静かに侘《わび》しげな感じを表象させてる。留守番の老婆はその板の間で、南瓜の転がる田舎の自然でも夢みながら、静かに侘しく糸車を廻して居るのである。

耳もきこえず目も見えず、かくて五月となりぬれば
ほのかに匂ふ綿くづの　そのほこりこそゆかしけれ
硝子《ガラス》戸棚に白骨のひとり立てるも珍らかに
水路のほとり月光の斜めに射すもしをらしや。
糸車、糸車、しづかに黙《もだ》す手の紡ぎ
その物思ひやはらかに、めぐる夕ぞわりなけれ

「耳もきこえず目も見えず」の次に、すぐ続けて「かくて五月となりぬれば」と急に調子を変へたところに、何とも言へないウマミがあり、実に晴れやかで好《よ》い気持ちのする音楽がある。「ほのかに匂ふ綿くづの」といふ所でまた床《ゆか》しげにしんみりした調子をととのへ、硝子戸棚の白骨の冷たい感覚を出して表象を一新させ、再度また「糸車、糸車」と車の廻る音を書いて詩を結んで居る。おそらく白秋氏のかうした名詩は、西洋の世界詩壇に出しても一流の価値を落ちないだらうと思はれる。も一つ白秋氏の詩を。

いづこにか敵のゐて
敵の居てかくるる如し。
酒倉のかげをゆく日も
街の問屋に
銀紙を買ひにゆく日も
うつし絵を手の甲に押し
手の甲に押し
夕日の水路見るときも
ただひとりさまよふ街の
いづこにか敵のゐて
つけねらふ、つけねらふ、静こころなく。

これもまた「思ひ出」の中の「敵」と題する小曲である。「思ひ出」の中には、幼児の物におびえる恐怖の心理や、性に目ざめる少年の悩ましい心理を書いたものが沢山あり、心理学的研究の立場から見ても面白い詩が多いのであるが、これもまた少年の心理を歌つた詩の一つで、少年の日のやるせない哀愁や、絶えずおびやかされてる恐怖やが、悲しみを帯びたリリカルの調子でよく巧みに歌はれて居る。白秋以前に詩人なく、白秋以後に詩人なし。北原白秋氏こそ、実に日本が生んだ世界的の大詩人である。

口語自由詩を最も大胆に書いて、大正詩壇の新詩形を創見した一人の詩人は、福士幸次郎氏である。その処女詩集「太陽の子」は、詩壇に多くの影響をあたへ、僕等の学んだ所が多い。

どこで見たのか知らない
わたしは遠い旅でそれを見た。
低い雲は野天を覆つてゐる。
その時火のつくやうな赤ん坊の泣声が聞え
ざんばら髪の女が窓から顔を出した。

ああ眼を真赤に泣きはらしたその形相
手にぶらさげたその赤児
赤児は寒い風に吹きつけられてひいひい泣く
女は金切り声をふりあげて、ぴしやぴしや尻をひつ叩く死んでしまへとひつぱたく。
風に吹かれて裸の赤児は
身も世も消えよとよよと泣く

雪ふり真中に雪も降らない此の寒国の
見る眼も寒い朝景色
暗い下界の地に添乳して
氷の胸をはだけた天
冬はおどろに荒れ狂ふ。

ああ野中の一軒家
魂も凍るこの寒空に
風は悲鳴をあげて行く棟《むね》の上
ああこの残酷はどこから来る。
ああこの残酷はどこから来る。
またしてもごうと吹く風

またしてもよよと泣く声。

「この残酷はどこから来る」と題する、福士幸次郎氏の詩である。白秋氏の「糸車」などを読んだ後でこの詩を読むと、如何《いか》にも粗野で荒々しく、芸術的に洗練されない「生《なま》のもの」といふラフな感じがする。だが前にも既に述べた通り、白秋氏の場合に於ける文章語の詩は、芸術的に既に完成されたものなのであり、福士氏の場合に於けるかうした詩は、新しく口語体の詩に踏み出した第一歩で、全然未開拓の世界への冒険なのであるから、それとこれとを同じ芸術批判で論ずることは出来ない。むしろかうした新創造への出発には、破壊的な暴力と大胆とが必要なのである。この点で福士氏は、革命の前衛線に従軍した最も勇敢の戦士であつた。川路柳虹氏なども、福士氏に先立つて早くから口語詩を作つて居たが、どこかやはり文章語の古典的骨格にこだはつて居た為、福士氏の如く大胆な純口語を書くことが出来なかつた。此所に福士氏の詩を引例したのは、大体からうしたスタイルの詩が、爾後に於ける大正詩壇の標準となつたからである。

かうした標準詩型の自由詩を、さらに尚《なお》一層展開させて、もつと日常会話に近い純粋の通俗口語で書いたのは、この文の筆者である萩原朔太郎である。次に処女詩集「月に吠える」の中から一例を掲げて参考にする。

わたしはくちびるに紅を塗つて
あたらしい白樺の幹に接吻した。
よしんば私が美男であらうとも
私の胸にはごむまりのやうな乳房がない。
私の皮膚からはきめの細かい粉白粉の匂ひがしない。
ああ何といふいぢらしさだ。
けふのかぐはしい初夏の野原で
きらきらする木立の中で
手には空色の手袋をはめてみた。
腰にはこるせつとのやうなものをはめてみた。
襟には襟おしろいのやうなものを塗りつけた。
かうしてひつそりと品《しな》をつくつて
わたしは娘たちのするやうに
心もちくびをかしげて
あたらしい白樺の幹に接吻した。
くちびるにばら色の紅を塗つて

まつ白の高い樹木にすがりついた。

説明するまでもなく、少年時代の性慾――対手《あいて》のない悩ましい性の悶え――を書いたものである。詩で性慾のことを書く時には、淫猥の不潔にならないやうに、勉めて注意せねばならないので、作者（私）は特に上品に取扱つた。（それにも関《かかわ》らず、初版の時にこの詩は発売禁止の命を受けた。）前の福士氏の詩と比べて、用語がずつと平易になり、日常会話の純粋口語に近づいて来て居ることを、鑑賞の時に注意してもらへばよろしい。

室生犀星氏は、筆者の私（萩原朔太郎）と共に、大正中期の詩壇に活躍したところの、最も才能ある詩人の一人であつた。彼の詩境の本領は、ヱルレーヌ等と同じく純情のいぢらしさに存して居り、本当の意味での情緒的純情詩人である。彼もまた私と共に、口語自由詩を平易な日常用語に砕いて、大正詩壇に一つの新しいフオルムを作つた。次に掲げるのは、その処女詩集「愛の詩集」中の一例である。

巡査は酔つぱらひを靴で蹴りとばした
酔つぱらひの頭から血がながれた。

これでよい
かうしておかなければ性《しよう》がこりない
かう言つて荒縄でぐるぐると括《くく》り上げた。
縄がからだに食ひ込んだ。
あたりにゐる人々は
よい気味だと言つてゐる。
酔つぱらひはへシ潰れたやうになり
もう抵抗力が無くなつてゐた。
酔ひが醒めてだんだん青くなつてゐた
その目から大きな涙が流れて居た。

極めて平易で率直な表現である。だがかうした行き方は、必然に詩を散文の方へ解体して行く。詩としてはあまりに平面的で調子が低く、文学の本質的精神に於て、既に散文のレベルへ落ちてゐるのである。そしてまた実際にも、室生氏の素質の中に多分の散文家的要素が内在して居たので、この「愛の詩集」の展開が、後に彼を小説家にしたのであつた。室生氏の「真の詩人」は、かうした散文的の詩集に無くして、却つてその以前に書いた可憐の純情小曲の側にあつた。

旅に出づることにより
ひとみ明るくひらかれ
手に青き洋紙は提げられたり。
ふるさとにあれど安きを得ず
流るるごとく旅に出づ。
麦は雪の中より萌え出で
そのみどりは磨けるごとし。
窓より嬉しげにさし伸べし
わが魚のごとき手に雪はしたしや。

――旅途――

此所には決して、散文家としての素質が見えない。これは純粋の詩人の詩であり、魂の底から呼びあげた真のリリツクである。「ふるさとにあれど安きを得ず、流るるごとく旅に出づ。」といふ言葉の如き、如何にも痛切な哀傷を感じさせ、人の詩情の急所をえぐつた表現である。この「流るる如く」で雪解けを予感させておきながら、すぐに続けて「麦は雪の中より萌え出で」と、早春の明るい季節を展開させてくる所など、全く驚嘆すべき名手の技巧と言はねばならない。この詩人の詩には、白秋氏の如き派手できらびやかな感覚や技巧は無いけれども、純情素朴の単純さで、率直に人の心を刺し貫ぬく言葉の強さを有して居る。ついでに今一つ、同じ作家の詩を紹介しよう。

古き染附の皿には
かげ青い象ひとつ童子に曳かれ歩めり。
この皿古きがゆえ
底ゆがみ象のかげ藍ばみ
皿のそとにも寂しきかげを曳きたり。
かかる古き染附の皿には
うるしのごとく寂しく凝固《かたま》りたる底見え
日ぐれごろ
象のかげ長からず
ちぢまり一人悲しげに見ゆ。　――象――

この詩は「忘春詩集」に出て居る。その忘春詩集は、作者の室生氏が最愛の子供に死なれて、絶望悲嘆のやるせない哀しみに沈んだ時、自然にそのセンチメントが言葉に現れて生れた詩集である。したがつて彼の作品中では、前掲した初期の純情小曲と共に、真の詩的情感が最も強く且《か》つ純粋に表出されてる。

さてこの「象」と題する詩には、イメーヂと情緒が融合して、対象の影に主観の詩想が隠れて居るので、詩を読みつけない初歩の人には、ちよつと難解に思はれるか解らない。しかし室生氏の詩のテーマは、いつも純情の打ちつけにしたセンチメント一つで、他に装飾的な意匠や気取りといふものが少しもないのだから、実はかうした詩がいちばん解り易《やす》く、だれの胸にもはつきりと感銘深く響くのである。

此所に一つの皿がある。支那《シナ》の古い染附皿で、象の絵が描いてある。支那の昔の風俗をした子供（唐児）がそれを曳いて歩いてるのである。古い陶器のことであるから、形は歪《ゆが》み、染附の藍は色あせて、青く薄ぼんやりして見えるのである。作者が此所で歌つてるものは、この皿の絵によせてイメーヂしてゐる深い心の悲しみである。その色あせてぼんやりした青い象の姿こそ、薄暮の仄《ほの》暗い空の下で、何を思ふといふこともなく、無限の悲しみに沈んで徘徊して居る作者の心の映像なのだ。そして支那の古い風俗をした、悲しく侘しげな唐児の姿に、作者はその死んだ愛児のイメーヂを聯想して、呼び返すことも出来ない死別の悲しみに泣き崩れて居る。この染附皿の青ざめた薄暮の中で、象を曳いて歩いてる子供は、一体何所《どこ》まで行くのであらう。作者の悲しいイメーヂは、無窮《むきゆう》に続くその遠い侘しい道を考へてゐるのである。

かうしたやるせない悲嘆の情を書くために、作者は「うるしのごとく」といふ独特の言葉を使つて居る。何《ど》うにもならない暗愁の実感をよく写して、まるで塗りつけたやうな言葉ではないか。かうなると形容ではなくして、言葉自身が肉体の持つ呼吸をして居る。「底ゆがみ」「ちぢまり」等の言葉も、また作者独特の呼吸を示す強い言葉で、いかにも悲しげにちぢまり返つて、地下にさめざめと啜《すすり》泣いてる感じがする。かうした純情の詩人として、室生犀星氏は現詩壇の一人者であり、他に比肩する人を見ない。北原白秋氏と雖《いえど》も、その純情の深く美しい点に於ては、この詩人に一歩を譲らねばならないだらう。

高村光太郎氏は、北原白秋氏や川路柳虹氏と共に、早く既に明治時代から詩壇に名を成した人で、大正詩壇では元老の大家に属する詩人である。しかし氏の全躍的な詩作と活動とは、却つて大正期に入つてから、特にその後期に入つてから目ざましく、普通の詩人とはその詩的生命の発展を逆にして居る。高村氏は室生犀星氏と反対に、極めて理智の克《か》つた智性の詩人で、室生氏の如く、純情をそのまま率直に詠嘆するやうな柄《がら》の詩人ではない。あの智性の芸術家ロダンの私淑者で、美術彫刻家でもある高村氏は、詩人としてもまた常に彫刻家の一面を持し、造形美術の確乎たる方式と手法によつて、詩を大理石の形態に彫刻しようと企てて居る。したがつて高村氏の詩は、外観的には形式主義で感じが冷たく、どこかストイックの風貌があり、情緒の奔縦な流出が抑圧されてる。その長い過去の詩人的生活にもかかはらず、氏の詩名が従来あまり派手やかでなく、ぱつとした人気が咲かなかつたのは此の為であるが、それだけ氏の詩境には確乎たる本質の骨組があり、不変に根強い精神が貫通して居る。そしてこれがまた氏の詩人的生命を永続させ、不易に若々しく、老いて益〻《ますます》精神の高い詩を書かせる所以《ゆえん》なのでもある。

しかしながら高村氏は、勿論《もちろん》単なる「智性の人」ではない。反対に氏の本領は「情熱の人」なので、それ故《ゆえ》にこそまた「詩人」なのである。ただ氏の場合に於ては、その情熱が智性によつて訓練され、詩の構成する建築の中に、特殊の力学的方則を以て組み立てられる。之《こ》れを作者の主観する心理的方面から観察すれば、氏は内心に於て、その情熱を絶えず爆発させようと意志して居ながら、一且これが表現の反省に浮ぶ場合は、智性の冷たい空気に触れて結晶し、造形美術の形式となつて書かれるのである。しかも結果に於ては、それが却つて情緒の凝縮された圧力を増し、ニヒリスチツクな強い詩的効果を示すので、此所に高村氏の芸術のユニイクな美と魅力がある。

高村氏の詩境は、その長い詩人的生活の間に多くの変化を推移した。初期には享楽主義的の詩を作り、中期には人道主義の詩を書き、そして最近はニヒリスチツクの詩を書いてる。そしてこのニヒリスチツクの傾向は、氏が出発の第一歩に作つた多くの和歌に現れて居り、おそらくこれが氏の道程のオメガにして、同時にアルハであるところの回帰であると思はれる。何となれば氏の詩形の特色する本質が、かうした情操の表現に最もよく適応して居るからである。この意味に於て氏の過去は、一つの長い「道程」であつたかも知れないのである。次に掲げる詩も、最近の傾向を代表して居る一作である。

何が面白くて駝鳥《だちよう》を飼ふのだ
動物園の四畳半のぬかるみの中では
脚が大股すぎるぢやないか。
頸があんまり長すぎるぢやないか。
雪の降る国に此所では羽がぼろぼろ過ぎるぢやないか。
腹がへるから堅パンも食ふだらうが
駝鳥の眼は遠くばかり見てゐるぢやないか。
身も世もないやうに燃えてゐるぢやないか。
るり色の風が今にも吹いて来るのを待ちかねてゐるぢやないか。
あの小さな素朴の頭が無辺大の夢で逆まいてゐるぢやないか。
此はもう駝鳥ぢやないぢやないか。
人間よ。

もう止《よ》せ、こんなことは。 ――駝鳥――

この詩に現れてる感情は、苦々しい鬱憤《うつぷん》をもつた憤怒である。人間生活の組織に対する毒々しい憎悪である。この自由を束縛されてる駝鳥は、即ち作者の詩人自身で、動物園は即ち詩人の住んでる環境（社会）である。これは叩きつけたやうな烈《はげ》しい詩で、言葉が一つ宛《ずつ》心の鬱憤を吐き出して居る。しかしそれにもかかはらず、高村氏の心境には、何か一つの本質的な健康性、即ち明るさと悦《よろこ》びとがある。この詩のやうなものでも、決して暗い虚無的の感じがしないで、反対に何か勇ましく、希望の光を感じさせるやうなものがある。そしてこの健康性、即ち「明るさ」と「悦び」とは、人道主義者であつた昔から、高村氏の素質の中に一貫してゐるものである。（おそらくその深い素質は、氏の肉体の健康といふ生理的素因に存するのだらう。）したがつて氏の詩境は、実のニヒリズムとは大に異なり、広義の意味での社会主義的詩派に属するのである。即ち一言にして言へば、高村氏は広義の意味での「社会主義的詩人」なのである。

（註。広義の社会主義といふ中には、人道主義も、救世軍も、マルキシズムも、アナアキズムも、すべて一切の社会改造主義が含まれて居る。）

佐藤惣之助氏は、大正期の詩壇では最も若い時代のゼネレーションに属して居り、次期の昭和時代にかかる経過の「橋」を表象して居る。この意味で佐藤氏の詩を鑑賞するのは、最も意義深く興味の多いことである。

佐藤氏の詩の本領とするエスプリは、室生犀星氏や高村光太郎氏や、福士幸次郎氏や萩原朔太郎やなどの詩人とは、全然まつたく飛び離れた別世界のものである。過去の詩人中で、もし類似のタイプを求めたならば、先《ま》づ北原白秋氏が最もこれと近い型の詩人であらう。殊に感覚の世界の広いことで、南国的官能の夢と気質をもつてることで、語彙が豊富で色彩に富んでることで、多血質の特色である饒舌と快活さを持つてることで、機智に富んで才気縦横のことで、等々。白秋氏とのこの類似性は、特にその処女詩集「深紅の人」によく現れて居り、当時世評はこれを「新しき邪宗門」と呼んだほどであつた。

しかしながらそこには、ボードレエルとジヤン・コクトオとを差別するところの、一つのはつきりした年代の画線《かくせん》がある。白秋氏の詩情に漂つてゐた一種の憂鬱な物思ひは、もはやこの新しい詩人の中には残つて居なかつた。この新時代の若い詩人は、心の隅まで海のやうに快活であり、ジヤヅの音楽に浮れて舞踏し、燕のやうに空を飛び廻り、競馬の騎士の帽子を被り、チユーインガムを嚙みながら街の娘をからかつて居る。此所にはもう憂鬱もないし屈托もない。この詩人の居る空はいつも晴れて朗らかであり、緑色の蒸気船が出発の笛を鳴らして海で待つてる。我々の暗い詩壇は、この元気者の詩人の出現で、すつかり明るく朗らかになり、朝の好い気分を回復してしまつたのである。

この詩人は、あらゆる現象する世界に対して、無限の新しい驚きと好奇心とをもつて見て居る。彼はコロムブスのやうに船に乗つて、世界の隅々へ未知の新世界を尋ねて行く。そこで冒険家をロマンチストと言ふ意味に於て、彼は最も大きなロマンチストなのである。彼は植物採集家の胴乱を肩にかけ、その中に種々雑多の草木花鳥、魚介、禽獣、鉱石骨片の類を入れて持ち歩いて居る。そして蠅のやうな複眼の目で、感覚の捉《とら》へ得る限りの世界を見ては楽しんでるのである。

時間があかがねの太鼓を叩いてゐる。
娘のやうな太陽がとんでゐる、ちと甘たれて
自動車《ミシン》もとんでる、唄を唄つてゐる野獣のやうに。

陽気な村、すみれ色のお寺がある。
歴史的人物も蝶々のやうにとんでゐる。
意気とおしやれの仏像と花火の好きな紅梅の中で。

やあ。海の工場。若造がダンダラ襯衣《シャツ》でとびはねる
カタン、カタン、町のカラクリ、傘の菌
ポーンと一個のデクノ坊とトランクがころがり出る。

あかるい、ホテル、夕方の水甕、花キャベチの女中
靴は昆虫です、はづしたカラは帆立貝です
お料理と笑ひと雪色のシーツが又唄になる。

――旅行――

かうした詩に思想をたづねてはいけない。生活もたづねてはいけない。何かの意味ありさうな詩情や哀愁《ペーソス》やを探つてもいけない。これは晴れ渡つた青空を飛び廻るところの、愉快な、気の軽い、楽しい夢をもつた蝶々の旅行である。「詩は祝祭である」といつた仏蘭西《フランス》の新しい詩人が居るが、佐藤氏の詩も正に祝祭の花火であり、宴会の音楽である。この詩語の軽く浮れた調子を見給へ。「娘のやうな太陽」「すみれ色の寺」「おしやれの仏像」「花キャベチの女中」等の奇警《きけい》な比喩も、すべて皆祝祭の気分を出す為の手法であり、軒に並べた花提灯《ちょうちん》の行列である。佐藤惣之助氏は、実にかうした不思議な鬼才を待つた「祝祭の詩人」なのである。

以上の外に、日夏耿之介、千家元麿、西条八十等、大正詩壇に於ける特色ある詩人諸氏の作に就いて、是非《ぜひ》書かねばならない予定であつたが、指定の紙数が尽きてしまつたので仕方がない。

（『日本文学講座』第九巻一九三四年十月）

日本詩人九月号月旦〔一九二五年〕より

黄瀛君の詩は、第二新人号で桂冠《けいかん》詩人に推選された時から、私の注意してゐるものである。黄君の情想は、気質的に軽快で明るく、それに貴公子風でもある。君は好《よ》い意味での気質的健康性を有してゐる。

君が表現に卓抜な天稟《てんぴん》をもつてることは、以前からも認めてゐたが、今度の支那《シナ》景物詩「喫茶店金水」をよんで、その語韻上の音楽的天稟に始めて気付いた。君は実に音楽的な好い耳を持つてゐる詩人だ。

あの日本租界の富貴胡同近くで
フネフネといはれた夏の夜は
ようくアイスクリームやソーダ水をすすつたものです。

といふ書き出しを読んでも、すぐにそれがわかる。「フネフネ」といふ語の鼻音的な発韻が、いかに美的でよく利いてるか。それから三行目で「よく」と言ふべき所を故意に「ようく」と言つてるのを見ても、語調の節奏的美感に神経の過敏なことがはつきりわかる。

最近の詩壇の一欠点は、詩人が音律上の好き耳を失つてゐることである。音律上からみると、最近の詩人の作物は実にひどい。もしローマ字に書き換へてみるならば、今の詩の大部分は、殆《ほと》んど耳にするに耐へないものであるだらう。この原因は、一には漢語の濫用と、一には最近、詩の絵画化的傾向の流行から、本来リズミカルの文学たる詩を視覚上のものに換へんとする変態的傾向の影響である。(詩の絵画化に関する是非《ぜひ》の詳論は、近く改めて発表するが、私はいちがいにそれを悪いと言はない。ただ変態的だといふのである。)

ここで自分が、黄君を特に推選したのは、上述の如き詩壇的病癖を意識するためである。いつたい外国人といふものは、他国語に対して非常に鋭敏な耳を有するものだ。たとへば日本人は、フランス語や英語に対して、それらの国民自身が感ずるよりも、遙かに音楽的の語韻を強く感じてゐる。黄君が日本語に好い耳を有してゐるのも、思ふに恐らく彼が外国人(支那人)のためであるだらう。それに支那人は本質的に語学の天才と見られる如く、耳の発達した人種であり、その国語は発韻の最もデリケートなものであるから、人種的素質に於ても、この点で彼は利益をしてゐる。

日本詩人九月号月旦〔一九二五年〕より

とはいへ黄の詩想そのものは、あまりに淡泊で軽すぎるから、私の趣味には食ひ足らない。ただ私の鑑賞的立場として、常にできるだけ自分の主観や好悪を排斥し、対象者自身の立場に立つて、ひとへに対象者の個人的長所を認めそれの順調な成育を助けようと思ふのである。詩の批評及び鑑賞者として、私の最も公明正大であること、自己の党派的感情に偏しないことを、この機会に公表しておく。故《ゆえ》にまた私の批評は、親切ではあるが露骨である。正直ではあるが辛辣《しんらつ》である。これで私を怨む人は間ちがへてゐる。

（『日本詩人』一九二五年十一月号）

難解の詩について

「解らない詩」といふものが世の中にあるだらうか。西洋でもマラルメやラムボオの詩の中には、ずゐぶん難解なものがあつて、新聞社が懸賞で答解を募集したりしたことがあるさうだが、原理としては、詩は必ず解るものなのである。解らない詩なんてものは世の中にない。もし有るとすれば、それは作者が故意に悪戯《いたづら》気から、解らないやうにトリックして書いた詩である。いやしくも本気になつて作つた詩なら、屹度《きつと》解らなければならない筈《はず》だ。何故《なぜ》なら人間の言葉といふものは、どんな支離滅裂な狂人のウハ言の中にさへ、何等《なんら》かの表現しようとしてゐる、主観の本心が必然に現はれるから。

ポオはかつて新聞社に居《い》た時、種々の考へ物や、クロスワードや、それから特に軍事用の秘密暗号やを読者に募集し、片つぱしからその難問を解いて行つた。読者の応募した暗号の中には、ずゐぶんむづかしいものがあつて、ピラミッドの象形文字を読むより困難の謎があつたが、ポオは平気ですらすらと解答した。それは全く人智を超越した神業のやうな不思議であつた。だがポオに言はせると、世の中にこれ位易《くらいやさ》しい仕事はないのださうである。なぜなら暗号には必ず意味があり、そして意味がある以上には言葉があり、言葉がある以上には文法がある。暗号の文章と普通の文章との相違は、ただその文法が処々でちがふばかりである。だからその特殊な文法さへ発見してしまへば、どんな暗号でも必ず解る。人間の考へた暗号で、自分に解けないものは一つもないとポオは言つた。

詩と暗号とはもちろんちがふ。しかし詩の解釈の場合に於ても、ポオの言ふことは正しいのである。なぜなら詩の場合に於ても、やはりその作者に特有してゐる何かの文法がある筈なので、そのクロスワードの「鍵」さへ握れば、一切は造作なく解けてしまふ。世の中に「難解」の詩は有るかも知れない。しかし「不可解」の詩といふものが有る筈がない。原理として、詩は必ず解るものといふのはこの故《ゆえ》である。

詩の構成されてる形式は、要するに種々なる観念やイメーヂの綜合《そうごう》である。これが心理学の所謂《いわゆる》観念聯合《れんごう》の法則によつて、一つの表象から他の表象へと、聯想《れんそう》の鎖によつて順次につながれて現れて来る。然《しか》るにその「聯想の鎖」といふものは、心理学的方則によつて必然の決定された因果であるから、aの次にbが浮び、bの次にcのイメージが表象されて来ることは必然である。どんな破天荒の詩を書く人でも、この因果の方則を勝手に破壊し、aと全く関聯《かんれん》のないwのイメージを、すぐに続けて表象することは不可能である。故に或る詩人の作について、そのアルハベットの順列する様式を研究すれば、詩の情操する一切の内容が解つてしまふ。詩の秘密を見破ることは、クロスワードを解くより遙かに易《やす》い。クロスワードの場合にあつては、一つ一つの言葉が、一見無秩序に散佚《さんいつ》してあり、これをアルハベットの順序に置き換へるために、その隠された秘密の鍵（文法）を発見するのが興味であるが、詩の方では、初めから言葉が表面に配列されてある。パズルはただその作者の詩人に特有してゐる文法、即《すなわ》ち彼の聯想の方式に於ける、或る特有の傾向（癖）を見附ければ好《よ》いのである。一つの例をあげよう。

烈風が壁を引き剝《は》ぐ。泥水の溜りへ倒れる鶏。脚を折られた樹木。巨大な重量の反響が烈風の咽喉《のど》を塞ぐ。ずぶ濡れの軍隊だ。この寒村の底へ沈んでゆく軍隊だ。下降する赫土《あかつち》の断層。

明日は太陽が見えるだらう。

これは「埋葬」と題する北川冬彦君の詩である。この種の詩は、最初の一行を読みさへすれば、後からどんな言葉が続いて出るか、すつかり直覚的に解つてしまふ。「烈風が壁を引き剝ぐ」といふ言葉の中で、作者が浮べてゐる一つの表象は、或るナマナマしい強い意志が、外部の暴虐な圧力によつて、無慚《むざん》にも引きずり倒され、生皮を引つ剝がされたところの悲壮な戦ひの表象である。この表象のつぎには、果して「泥水の溜りへ倒れる鶏」や「脚を折られた樹木」の悲壮な傷《いた》ましい絶叫がある。ニヒリスチックになつたこの敗北主義者は、次にその泥だらけの全滅の軍隊を表象する。そして「ずぶ濡れの軍隊」生きながら寒村の底へ埋葬されて行くところの、大きな、逞《たくま》しい、重量のある大集団の意志を表象する。こんな大軍団が全滅して、その武装した重量のままで、生きながら地下に埋没される光景は、悲壮劇としての盛り上つたクライマックスである。故に詩の構成に於ける聯想の鎖は此処《ここ》で切れる。そこで行をあけ、次に「明日は太陽が見えるだらう」と、悲しげに未来の光明を望んで居る。

ついでに今一つ、西脇順三郎氏の詩集から、

黄色い菫《すみれ》が咲く頃の昔
海豚《いるか》は天にも海にも頭をもたげ
尖つた船に花が飾られ
ディオニソスは夢みつつ航海する。

模様のある皿の中で顔を洗つて
宝石商人と一緒に地中海を渡つた。
その少年の名は忘れた。
麗《ウララカ》な忘却の朝。

「皿」と題する詩である。この詩の主題を解くパズルの鍵は、第二行から第五行までの言葉にある。「海豚」はギリシャの沿岸地中海に昔たくさん生棲して居た。それはホーマーの詩にも出て来るし、古代ギリシャの海図などにもよく描かれて来た。作者の西脇氏は、此処でその古代ギリシャの海図をイメーヂに表象して居るのである。だから見よ、次には果して頭首の尖つた古代ギリシャの船が、女神に捧げる花を積んで航海して居る。そして酒と情熱の詩神ディオニソスは、地中海の小春日和に居眠りをして居るのである。静かな和やかな、青く晴れ渡つたギリシャの風景。橄欖《かんらん》の葉影にアポロの夢みるアゼンスの街。その海青き南国の朝こそ、正しく「宝石商人の朝」にちがひない。それ故《ゆえ》此処まで作者の後を追ひつつ、その聯想の糸をたぐつてくれば、後の二行は書かれないでも自明であり、この詩の構成してゐるパズルの鍵が解けてしまふ。即ちこの詩は、その「皿」といふ題が適切に示す如く、或るさわやかな陶器のやうに、青く冴えた、南欧ギリシャの朝の風景を情操して居る。或《あるい》は尚《なお》その上に、ギリシャ風の皿に描かれた海図などをも表象してゐる。

かういふ法則にして解いてくれれば、どんな詩でもすぐにパズルが手に入るので、解らない詩なんか無いわけである。しかし実際には、ずゐぶん難解の詩も世の中にある。その難解の詩といふのは、イメーヂの表象に於ける聯想の方式が特異なもので、それが特異であるほど難解である。例へば「白」と言つて「雪」を聯想し、雪からまた「冬」を表象するのは普通であつて、かういふ詩ならどんな子供にもすぐ解る。然るに、或る種の詩人は、「椅子」から「飢饉」を聯想したり、「洋燈」から「運命」を表象したりする。もつとひどいのは、ラムボオのやうに母音のaから黒を聯想したりする。かういふ詩は難解と言はれる。しかしラムボオでも、aは黒と言つた後で、すぐにあの小さな黒い点のやうな表象、即ち「蠅」を浮べて居るので、最初の一行では解らないでも、次の行に移つてくれれば、作者の心像してゐるものが、自然と読者の表象の方に映されて来る。マラルメの詩が難解だと言はれるのは、おそらく音韻の方の表象に属するのだらう。マラルメの作詩法は、詩想を言語の字義に現はさないで、主として韻律などの音楽に現はして居るといふことだから、かういふ詩に出逢《あ》つた場合は、youの次にmoreが来るといふ工合《ぐあい》に、主として音韻の方での聯想的法則を発見すれば好いのである。（日本の「新古今集」の和歌なども、主として音楽の方に詩美が構成されてゐるのだから、やはり音韻上でのパズルを解かないと理解されない。）

しかしどんな難解の詩であつても、前言ふ通り聯想の法則は一つであるから、少しく注意して科学的に分析すれば容易に解る。それが解らないのは、読者の側に教養が不足して居《お》り、作者の表象する世界を所有して居ない場合である。例へば上例の西脇氏の詩でも、読者にしてもし古代ギリシャの歴史的知識を欠き、往時のアゼンス市街をイメーヂに浮べる材料が欠乏して居た場合、正直に告白して解らないと言ふことになる。それ故一般に難解と言はれる詩は、作者が特異の趣味に表象を所有して居り、且《か》つその趣味が一般に普遍して居ない場合である。例へば日夏耿之介君の詩境では、欧洲中世紀の特殊な社会が主題になつてる。その暗黒時代の中世紀には、至るところに羅馬《ローマ》カトリックの寺院がそびえ、魔教サバトの徒は箒《ほうき》に股がつて夜天を飛翔し、錬金術師は蜥蜴《とかげ》と蛇と狼の血から、人造人間や不死の霊薬を作らうとして呪文を唱へた。日夏君の詩は、かうした怪異に充ちたエキゾチシズムの中世紀を舞台にして、自由なイメーヂの翼を拡げて居る。然るにかうした特殊の趣味は、一般の日本の読者と没交渉で、且つ極《ご》く少数の人だけしか、中世文化への特殊教養を持たないため、即ち一般に難解と云はれるのである。だがその教養を有し、同じ趣味を所有してゐる人にとつて見れば、日夏君の詩の如き少しも難解でなく、ただ一行で全部が解るやうなものなのである。前例した西脇氏の詩の如きも、やはり日本としては難解と評される部類に属するだらう。

本質的の意味で言へば、世に難解の詩といふものはない。しかし他の別の意味で難解の詩がある。即ち意味だけは解つても、詩情の本質する面白味（ポエヂイそのもの）が解らない詩である。もし作者が、真の旺盛な詩情によつて書いた詩なら、決してそんな事は無い筈だが、そのポエヂイが無く――もしくは稀薄で――書いた物には、往々さうした場合がある。しかもその稀薄な詩情に代用させて、言語のトリックする修辞の構成を遊戯する時、一層この種の「解らない詩」が出来上つて来る。この類の難解詩は、今日詩壇にゴロゴロたくさん転がつて居り、それが皆自分では「流行の尖端を行く新しい詩」だと思つてるのだからやり切れない。最近室生犀星君は、詩に告別することの理由の一つに数へて、今の詩が解らないと言つてるが、その意味する「今の詩」が上述のやうな物だつたら、解らないのが当然であり、室生君の言葉は逆説的の諷刺になつてる。

（『日本詩』一九三四年十一月号）

現代詩の鑑賞

詩の構成と技術　より

詩がフォルムを持たないといふことは、今の日本の詩人にとつて、真に最大の苦悩である。すべての詩人の悩みと努力は、如何《いか》にして今の日本の現代語から、韻律や形式を発見すべきかといふ一事にかかつてゐる。普通に自由詩と称されてる文学が、実は単なる「行わけ散文」の擬体にすぎないこと。正しい批判に於て、詩と呼び得ることの出来ないものであることは、今日の詩壇に於て既に一般から常識されてる。しかもこれに代るべき新しい文学は、未《ま》だ何処《どこ》にも創立されてゐないのである。つまり言へば今の詩壇は、詩の観念《イデア》だけがあつて詩の実体《レアル》がなく、虚無の中に創造を求めて喘《あえ》いでゐるのである。

かうした混迷時代に於て、真の芸術的形態を有する詩を求めるのは、もとより心得ちがひの無理であるが、ただ少しでも未来に暗示を与へる程度の、新しい意義をもつた形態の詩を探して、之《こ》れに構成技術の批判的鑑賞を試みるのは、今日に於て最も有意義の仕事と言はねばならない。以下、二三の現代詩人の作について、その構成と技巧の点から、厳密な鑑賞を試みよう。

日が暮れる　この岐《わか》れ路《じ》を　橇《そり》は発《た》った……
立場《たてば》の裏に頰白が　啼《な》いてゐる　歌つてゐる
影がます　雪の上に　それは啼いてゐる　歌つてゐる
枯木の枝に　ああそれは灯《とも》つてゐる　一つの歌　一つの生命。

「頰白」と題する三好達治君の詩である。この詩は四行で出来てる。これは四行詩と称して仏蘭西《フランス》に古くからある詩の形式を、作者の三好君が日本に移植したのである。この詩の言葉は、全体に鮮明な詩律を踏んでゐる。即《すなわ》ち次の如し。

日が暮れる｝5　この岐れ路を｝7　橇は発った｝5
立場の裏に｝7　頰白が｝5　啼いてゐる｝5　歌つてゐる｝5

影がます　5　雪の上に　5　それは啼いてゐる　8　歌つてゐる　5
枯木の枝に　7　ああそれは　5　灯つてゐる　5　一つの歌　6　一つの生命。　6

（母音の二箇続き、促音《そくおん》等は　場合によつて一音に数へる。）

かくの如く、所々に不規則の箇所もあるが、大体に於て５７５の反覆で、日本語の自然的音律である五音と七音を基本にして構成されてる。前にも説いた通り、今の日本の詩には一定の規約づけられた形式がないのであるから、すべての詩に志す人々は、最初に先《ま》づ自分で一つの新しい形式を創造せねばならぬ。この点で今の詩人は、昔の新体詩や定形詩の作家に比して、遙かに出発の苦労が多くむづかしいのである。

さてこの詩の情操してゐるものは、作者がその心の中に、魂のもの侘《わび》しい薄暮を感じ、頬白の啼いてる風景の中で、その心に拡がつてくる薄暮の影を、侘しく悲しげに凝視してゐるのである。かくの如く詩に於ては、いつも心の中の主観が、外界の客観と結びつき、心の風景と自然の風景、心の薄暮と景色の薄暮とが一緒になつて表現される。故《ゆえ》に詩には、抒情詩に対して言はれる「叙景詩」なんていふものはないのである。すべての詩は等しく「抒情詩」なのである。

最初の二行は、橇が出発する別れの情愁を歌つてゐる。ここで出発するもの、遠く自分から別れて行くものは、外界的には「橇」であるけれども、心境上の主観では、この橇が作者の自己に対する、或る生活上の寂しい離別を表象してゐる。（その離別の内容までは問ふ必要がない。）作者はそれが悲しいのである。彼は今その離別の「岐れ路」に立つて、日の暮れかかる山路の涯へ、遠く発つて行く運命の橇を見送つてゐる。この詩想を表現上に構成する為《ため》、三好君は冒頭に「日が暮れる」といふ主題《テーマ》の第一命題を出し、二行目の結句で「歌つてゐる」といふ語に結んでゐる。この「歌つてゐる」といふ言葉は、外界の頰白にかかるのでなく、主として作者の主観の方にかかつてゐる。即ち離別の悲しい情緒を書いてるのである。此所《ここ》まで外界の風景を主体にして述べたものが、この最後の抒情的な言葉によつて、急に主観の心境の方へ転向して来る。かういふ所が詩の面白味で、技術の重要なコツなのである。

第三行は、前の「日が暮れる」以下の情景を受けついで、これをさらに陰影深くし、情感強く仕上げてゐる。「影がます雪の上に」といふ言葉によつて、時間の次第に経過してゐること、夕闇の影が深くなつて、橇が既に遠方へ遠ざかつてしまつたことを表象してゐる。その遠い橇の行方を思ひながら、暮れ行く林の中に一人残つて、尚《な》ほかの鳥は啼きつづけてゐる。作者は尚ほ悲しみを歌ひつづけてゐるのである。

最後の第四行は終幕曲《フイナーレ》である。ここでは既に夜が来て、枯木の枝に洋燈の灯《ひ》がともつてゐる。否、その灯《とも》つてゐるのは洋燈ではない。作者の悲しみの唄ふ一つの歌。一つの寂しい生命なのである。この表現を散文の修辞で書けば「私の歌、私の寂しい生命が、枯木の枝に止《とま》つて鳥のやうに啼き、夜の洋燈のやうに灯《とも》つてゐる。」といふ工合《ぐあい》になる。

この三好君の詩が面白いのは、薄暮から次第に闇が近くなり、遂に灯ともし頃の夜になる迄《まで》の時間的経過が、各ゝ《おのおの》の行に別けてはつきり書き出されてあることである。詩の構成上に於ける技巧の点で、かうした詩は読者の最もよい参考になるであらう。

（『日本現代文章講座』厚生閣一九三四年十一月）

処女の言葉

処女の言葉といふ課題であるが、処女といふ意味を、此処《ここ》では一般に「若い娘」として解釈したい。今日の世の中では、若い娘だけが独り朗らかで快活である。なぜなら今のやうな社会、すべての人が希望を失ひ、就職に窮し、青年や学生でさへも、老人のやうに意気消耗してゐる社会に於て、独り若い女たちは、至る所に就職の道があり、手痛い生活難もなく、前途に花やかな夢を抱いて居《い》られるからである。したがつて今の世の中では、若い娘たちの言葉だけが、いちばんエネルギッシュに生々《いきいき》とし、魚のやうに潑剌《はつらつ》として泳いで居る。実際今日に於て、真に「生きてる言葉」を持つてるものは、街路の若き女性群のみ、他はすべて死語にすぎないといふ観がある。

今の日本の若い女、特に女学生の言葉については、前にも他の新聞雑誌に書いた通り、アクセントが強く、歯切れの好《よ》いことが特色である。歯切れの好いことは、智的で意志の強い性格を反映し、アクセントの強いことは、感情の表出が露骨になつたこと、即《すなわ》ち主観の主張が強く、エゴイスチックになつたことを実証する。試みに彼等の間の流行語、

「ちやッかりしてンの。」

「モチよ。」

「断然行くわ。」

等々を聴いて見給へ。いかに言葉の歯切れが好く、アクセントが強いかが解るだらう。日本の若い娘たちが、かうした言葉を使ふといふのは、つまり彼等の感情や思想やが、エゴの主張の強い、個人主義の西洋風になつたからである。日本の伝統的な言葉といふものは、すべて「私」の主観的エゴを省略する。例へば I love you.（私は君が好きだ）といふ時、日本語では単に「君が好きだ」と言ふ。つまり東洋の文化は、西洋のヒューマニズムと反対に、主観人のエゴを殺して、自然と同化することを理念するからである。所でまた、人間の言葉といふものは、主観の感情が強くなるほど、言葉に自然の抑揚がつき、アクセントが強くなつて来る。そこで外国語にはアクセントが強く、日本語にはそれが極めて弱いのである。

今の若い娘たちは、かうした日本語の伝統を破壊し、より西洋語の本質に近い言葉の方へ、日本語を新しく革命しようとして居るのである。その意味に於て、彼等はまことに意識せざる時代の詩人（言葉の革命者）である。そればかりではない。彼等は日本語の本質してゐる、文法その

ものさへ変へようとしてゐるのである。

エゴの主張の強い西洋人は、すべて主観の意欲する感情を先に言ひ、次に目的の事物を言ふ。例へば I want some cakes.（欲しい。菓子が）と言ふ。日本語はこれの反対であり、先《ま》づ名詞を先に言ひ、最後に「欲しい」といふ主観を言ふ。したがつて日本語は、感情の発想が力弱く、主観の欲望やパッションを、充分に強く表出できないのである。僕等のやうな文学者も、今日の半ば欧風化した日本に生れ、さうした文化的環境に育つた為《ため》に、この点で常に言葉の不自由に苦しんでゐる。今の日本で、僕等の詩文学が畸形的にしか成育し得ないのは、僕等の詩想の内容と、現存する日本語との間に、かうしたギャップの矛盾性があるためである。然《しか》るに町の若い娘や女学生やは、彼等一流の無邪気さと大胆とで、僕等の敢《あえ》て為《な》し得ない困難事を、何の苦もなく解決して居るのである。即ち例へば、

「好かんわ。そんな。」

「厭《いや》だわ。私。」

「行くわよ。どこでも。あんたと。」

「嫌ひ。そんなの。」

「欲しいわ。私。蜜豆。」

「ねえ。よくつて。」

といふ工合《ぐあい》に言ふ。此等《これら》の言葉の構成法は、すつかり英語や独逸語《ドイツ》と同じである。即ち主観の感情を最初に言ひ、次に事物や用件の説明をする。「私はお菓子が欲しい」でなく、「欲しいわ。私。お菓子。」である。

これは驚くべきことである。今の若い娘たちによつて、これほどまで日本語が革命されてるといふことは、現代に於ける何よりも大きな驚異である。何となれば言葉の変化は、それ自ら文化情操の変化であり、社会の根本的改革に外ならないから。日本は何処《どこ》へ行くか？　この問題を思惟する人は、先づ町に出て若い女たちの会話をきけ！

（『婦人画報』一九三六年十一月号）

Ⅱ　朔太郎の評価した詩人たち

大手拓次について

大手拓次君の詩と人物

昭和九年の春であつた。遅桜の散つた上野の停車場へ、白骨となつた一詩人を送つて行つた。その詩人の遺骨は、汽車に乗せて故郷の上州へ送られるのであつた。

停車場のホームには、大勢の見送人が集つて居《い》た。それらの会葬者は、いづれもモーニングやフロックコートを着、腕に喪章の黒布を巻いてた。彼等の全部は会社員であつた。遺骨が汽車に乗せられ、窓から恭々《うやうや》しく出された時、ホームの人々は帽子を脱いだ。一人の中年の紳士が、簡単に告別の演説をした。その演説の内容は、我々の会社に於て、多年忠実に勤めてくれた模範店員の一人を、今日遺骨として此所《ここ》に送ることは、如何《いか》にも哀悼の情に耐へないといふのであつた。汽笛が鳴つた。そして信越線行の長い列車が、徐々に少し宛《ずつ》プラットホームを離れて行つた。

一人の平凡な会社員が、かうして平凡な一生を終つたのである。彼が内証《ないしょ》で詩を書いて居たこと、しかも秀れた詩人であつたことなど、会葬者のだれも知つては居ないのだつた。ただその群集の中に混つて、四人の人だけが彼を知つてた。北原白秋氏と、室生犀星君と、大木惇夫君と、それから私であつた。そしてこの四人だけが、彼の生前に知つた一切の文壇的交友だつた。

「寂しいね。」

見送りをすました後で、私は室生君と顔を見合せて言つた。

上野駅に遺骨を送つて、帰つて来た日の翌日だつた。詩を作る若い人が訪ねて来たので、昨日の新しい記憶を話した。

「大手拓次？　大手拓次？」

暫らく考へた後で、その若い詩人が言つた。

「あ、知つてます。知つてます。前に白秋氏の雑誌で詩を書いて居ましたね。貴方の模倣みたいな詩を。」

「反対ですよ。僕が模倣をしたのだよ。」

と言つたら

「アハヽヽヽ」

と青年が笑ひ出した。私が諧謔を弄《ろう》して、何かの逆説を言ふのだと思つたのである。だが諧謔でも逆説でもない。私は実際、大手君の詩から多くを学んだ。特に「青猫」のスタイルは、彼から啓示されたところが多い。尤《もつと》も後には、大手君の方でも私から取つたものがあるらしく、両方混線になつてしまつたけれども、私の方で学んだ部分が、たしかに多いことは事実である。その意味で大手君は、私よりも一日の先輩である。

と、これだけ話をしても、まだその青年は腑《ふ》に落ちないやうな顔をして、

「でも貴方などより、ずつと新しく詩壇に出た、若いグループぢやありませんか。」

と言つた。

大手拓次！　この名は実際新しく、詩壇の人に耳慣れない。今の詩壇の人々は、だれもおそらくこの名の詩人を、あまり記憶して居ないであらう。稀《ま》れに記憶してゐる人々も、その青年と同じやうに、若い時代の新進詩人――しかもあまりぱツとしない新進詩人――として忘れかかつた記憶の一部に、ぼんやり名を止《とど》めて居るに過ぎないだらう。然《しか》るに実際の大手君は、私よりも少し早く、室生犀星君等と前後して詩壇に出、大に活躍した詩人なのである。

その頃の大手君は、吉川惣一郎のペンネームで詩を書いて居た。と言つたら、昔の「ザムボア」などを読んでた人には、初めて記憶が確実になり、一切の経過が解るであらう。大手拓次の本名に帰つたのは、後に北原白秋氏が、アルスから詩の雑誌を出すやうになつてから極めて最近のことに属してゐる。大手君の花々しい詩人的活躍時代は、その短かい本名時代に無くして、実に過去の吉川惣一郎時代にあつたのである。

私が初めて大手拓次、即《すなわ》ち吉川惣一郎の名を知つたのは、北原白秋氏の雑誌「ザムボア」の誌上であつた。当時その同じ誌上に、室生犀星君も詩を発表し、少し遅れて私もまたこれに加はつた。この室生、吉川、萩原の三人組は、その後も常に発表の機関を一にし、後に「地上巡礼」から「ARS」、「ARS」から「近代風景」へと、常に白秋氏の雑誌を追つて転々しつつ、詩人としての共同経歴を一にして居た。単にまたそればかりでなく、三人共に白秋氏を私淑し、且《か》つ白秋氏の推選によつて詩壇に出た。そのため世間では、私等のトリオを称して「白秋旗下の三羽鴉」と呼んだ。

芸術的経歴に於て、かくも親しく兄弟のやうな間でありながら、人間としての大手君には殆《ほと》んど友誼《ゆうぎ》を結ぶ機縁がなかつた。私が大手君に逢《あ》つたのは、前後を通じて僅《わず》か三度しか無かつた。最初は室生君と共に牛込の下宿を訪ねた。二度目は白秋氏の家のパーチイで一所になつた。そして三度目は、既に遺骨となつて居た大手君を上野に送つた。それほど実に寂しく、呆気《あつけ》ない友誼であつた。だがそれにもかかはらず、大手君が常に私のことを心に思ひ、白秋氏と共に深い愛情をよせてをられたことを、この書の巻尾にある同君の覚え書によつて初めて知り、今更また故人への追憶を新たに深くするのみである。

大手拓次君の芸術は、一言で言へば実にユニイクなものである。新体詩以来今日に至るまで、日本の全詩壇の歴史を通じて私は他にこんなユニイクの詩と詩人とを見たことがない。第一にその言葉と内容とが、過去の詩人のどんな影響も受けて居ないのである。たいていその頃の詩人たちは、当時の詩壇の流行であつた類型的自由詩の形態を学んで居た。さうでないものは、蒲原有明《かんばらありあけ》氏以来の文章語詩形を襲踏《しゆうとう》して居た。然るに大手君（当時の吉川惣一郎君）の詩には、当時のどんな類型もなく、過去のいかなる襲踏もなく、全く別個の珍らしいものであつた。単にフォルムやスタイルばかりでなく、詩の情操する内容がまた特殊であつた。

しかしその「詩」を語る前に、私は先《ま》づその「詩人」を語らねばならぬ。なぜなら大手君のすべての詩は、実にその特殊な人間と生活とを根拠にして居《お》り、その「人」に対する理解なしにその芸術を味ふことが出来ないほど、人と作品とが密接に結ばれてゐるからである。そしてしかも大手君の人間と生活とが、その芸術以上にまた特殊であり、他に全く類型を見ないほどの、絶対ユニイクの存在なのである。

私が室生君と共に、初めてその下宿屋に大手君を訪ねたのは、今から約二十年近くも昔のことであつた。（その牛込の下宿屋に、大手君はその後二十年も住んで居た。その間に下宿屋の主人が死んで、代が変つても依然として住んで居た。）第一印象に映じた大手君は、蒼白く情熱的な顔をしながら、寂しい憂鬱を漂はせてゐるやうな人であつた。どこか生田春月君に似たやうなところもあり、全くまた別の風貌にも属して居た。そして要するに、その抒情詩そつくりの人物を感じさせた。

下宿の狭い部屋は清潔に掃除されて、万事が几帳面に整理されてた。室の一隅に書架があつて、仏蘭西《フランス》語の詩集や雑誌がぎつちり積まれて居た。話をして驚いたことは、仏蘭西語の書物以外に、日本語の本を殆んど読んで居ないことであつた。特に意外であつたのは、北原白秋氏一人を除いて、他の如何なる日本の詩人の存在さへも全く知らずに居ることだつた。当時詩壇には、白秋氏の外に三木露風、川路柳虹、高村光太郎、富田砕花、福士幸次郎、西条八十等、既に一家の名を成してる多くの詩人が活躍してゐた。私と室生君とは、常に此等《これら》の先輩詩人を対象にして語つて居たので、大手君に逢ふと同時に、先づかうした詩壇の現状を話しかけた。然るに驚いたことは大手君は全くその人々の名前さへも知らないのである。況《いわ》んや詩壇のことなど、全く風馬牛《ふうばぎゅう》に無関心で、私等の話を迷惑さうに黙つて聞いて居た。

「仏蘭西の詩、ボードレエルとサマンより外、少しも読んで居ませんから。」と言ふのを聴いた時、私は室生君と顔を見合せた。そして世にも尊大なペダンチックの奴が居るものだと思ひ、一種の侮辱を感じて腹を立てた。しかし大手君の表情に少しの尊大な倨傲《きよごう》もなく、却《かえ》つて内気に恥かしがつて居るのを見た時、すつかりこの人の詩人的天質が了解された。つまりこの純一の詩人は、自己の詩情に駆りたてられて、自己の悦楽のためにのみ詩を書いてるので、文壇的に地位や名声を克《か》ち得ようとする野心——それが当時の私たちには充分あつた——を全く所有して居ないのである。したがつて詩壇の現状や詩人の名を、殆んど知らずに居るのも当然である。大手君としては、ただその愛誦するボードレエルとサマンだけを、仏蘭西語の原詩で読んで居れば足りたわけだ。此所で一つ詩を紹介しよう。

枯木の馬

神よ、大洋をとびきる鳥よ、
神よ、凡《すべ》ての実在を正しくおくものよ、
ああ、わたしの盲《めくら》の肉体を滅亡せよ、
さうでなければ、神と共に燃えよ、燃えよ、王城の炬火《たいまつ》のやうに燃えよ、
ああ、わたしの取るにも足りない性の遺骸を棄てて、
暴風のうすみどりの槌《つち》の下に。
香枕《からまくら》のそばに投げだされたあをい手を見よ、
もはや、深淵をかけめぐる枯木《かれき》の馬にのつて、
わたしは懐疑者の冷《つめ》たい著物《きもの》をきてゐる。
けれど神様よ、わたしの遺骸には永遠に芳烈な花を飾つてください。

「神」「信仰」「忍従」「罪」「実在」「道心」「尼僧《にそう》」「悪魔」「僧形」「祈禱《きとう》」「香炉」「紫袍《しほう》」等々の言葉は、実に大手君の詩の主調を成してるイメーヂである。全巻の詩篇を通じて、読者はあのカトリック教寺院の聖壇から立ちこめてる、乳香や煉香《ねりこう》の朦々とした煙の匂ひを感ずるだらう。からした大手君の詩想は、おそらくボードレエルから影響されてる。しかしこの詩人の学んだものは、ボードレエルの中のカトリック教的部分であり、単にその部分の「香気」にすぎなかつた。詩人としての本質から言へば、大手君は決してあの異端的、叛逆的の懐疑を抱いた「悪の華」の詩人ではなく、むしろそれと正反対なリリシズムをもつた純情の詩人であつた。彼の場合は、むしろサマンの方に接近してゐるやうに思はれる。

撒水車の小僧たち

お前は撒水車をひく小僧たち、
川ぞひのひろい市街を悠長にかけめぐる。
紅や緑や光のある色はみんなおほひかくされ、
Silence《シイランス》と廃滅《はいめつ》の水色の色の行者のみがうろつく。
これがわたしの隠しやうもない生活の姿だ。

ああわたしの果てもない寂寥を
街のかなたこなたに撒きちらせ、撒きちらせ。
撒水車の小僧たち、
あはい予言の日和が生れるより先に、
つきせないわたしの寂寥をまきちらせ、まきちらせ。
海のやうにわきでるわたしの寂寥をまきちらせ。

これにはサマンの影響が感じられる。そして尚《なお》、少しばかり白秋氏の影響も感じられる。しかし本来言つて、大手君はサマンでもなく、白秋でもなく、況んやボードレエルのやうな型の詩人でもない。この特異な詩人の本領は、性の悩ましいエロチシズムと、或る妖しげな夢をもつたプラトニツクの恋愛詩に尽きるのである。童貞のやうに純潔で、少女のやうに夢見がちなこの詩人は、彼の幻想の部屋の中で、人に隠れた秘密をいたはり育てて居た。彼のエロチシズムと恋愛詩は、いつも阿片《アヘン》の夢の中で、夢魔の月光のやうに縹渺《ひょうびょう》して居た。それは全く常識の理解できない、不思議な妖気にみちたポエヂイである。彼の詩について語る前に、生活について語らなければならないのである。

以下私が話すことは、故人の親友であつた所の、画家逸見享《へんみたかし》氏から聞いた事実である。そしてこの逸見氏だけが、大手拓次の生活を知つてる唯一の人であつた。それほど大手君には全く他に友人と言ふものがなかつた。

詩人といふ人種は、元来非社交的の人種であり、宿命的に孤独を愛するやうに生れついてる。しかし大手拓次のやうな詩人は、私が知つてる範囲で類例がなく、全く無人島的な生活をした孤独者だつた。彼はその生計のために、ライオン歯磨の広告部に勤め、会社員としての日課を続けて居た。しかし会社では、殆んどだれとも口を利かずに、黙々とし唖《おし》のやうに仕事をして居た。かうした不思議な人間が、如何にその同僚から気味悪しく、変人扱ひに嫌厭されるかは、充分想像できるであらう。仲間はづれにされてる孤独の椅子で、この気の弱い内気な詩人は、いつも情熱的な恋愛詩を書き続けて居た。それは同じ会社に勤めて居るところの、若い女事務員に対する殉《じゆん》情《じよう》だつた。しかしこの詩人の内気さと羞かしがりは、少女よりも尚いぢらしく、恋を打明けることが出来ないのである。そして人の知らない秘密の思ひに、情熱の胸を焦《こが》しながら、悲しい嘆息ばかり続けて居た。或る時は思ひあまつて、帰途を急ぐ女の袂《たもと》に、そつと一片の紙片を入れたりした。その小さな紙片には、彼の思ひあまつた詩が書いてあつた。しかしモダンガールの少女店員は、古風な抒情詩に興味がなく、意味を理解することもできなかつた。その上に作者の名前が書いてなかつた。彼女はけげんの顔をしながら、不思議な紙片を破いてしまつた。

かうした悲しい生活が、四十八歳になる迄《まで》も続いて居た。彼は幾人かの少女を恋し、幾篇かの抒情詩を書き、そして終生幻想の恋を追つて生活して居た。さうした彼の生活は、純情の若い処女たちが、小箱の中に秘密をこめ、人の知らない不思議な言葉で、人形と会話して居るやうなものであつた。それこそは本当に「胸に秘めたる」純情のリリシズムであつた。古今東西の詩人を通じて、私は彼のやうに美しく純潔な詩人を知らない。その四十八歳の童貞生涯は、全くミューズに捧げた加特力《カトリック》教的の献身だつた。彼は一度も結婚せず、女の肉体に就いて知らなかつた。四十八歳で死ぬ時まで、真に清浄な童貞で身を保つた。それは現実の世に有り得ないほど、加特力教的天国の物語に類して居る。

後年肺を患《わずら》つてから、彼は茅ケ崎の病院に一人で臥《ね》て居た。そして毎日、海鳴りの音を聴きながら詩を書いて居た。私はその遺稿を見て悲しくなつた。それは女の子の小箱に張る千代紙で、手製の表装をした和紙の本に、細い紅筆のやうなもので詩が書いてあつた。その詩は皆短かい小曲で、

今日もまた便りが来ない
もう何もかも夢のやうに消えてしまつた。
残るものは涙ばかりだ。

涙ばかりが残つてゐるのだ。

といふ風な歌が、いくつもいくつも繰返して書いてあつた。ノートは十冊位《くらい》もあつたが、詩は皆同じやうなことを繰返し、同じ一つの切ない思ひを、尽きずに綿々《めんめん》と歌つてゐるのであつた。一人の友人もなく、見舞客もなく、病気を看護する妻さへもなく、真に天涯孤独の身で、病院の一室に寂しく臥て居た彼は、ベツドの中で、毎日遠い恋人を思ひ続けてゐたのであつた。しかもその恋人の方では、彼の存在さへも忘れて知らずに居るのである。こんな悲しく寂しい人生はない。そしてまた、こんなに純潔で美しい詩人の生涯もない。彼はおそらく、胸に秘めた永遠のリリツクを抱きながら、安らかに微笑して死んだであらう。逸見氏がスケツチした彼の死顔は、天使のやうに純潔で美しかつた。五十歳に近い彼の顔には、少しも中年者の穢《けが》れがなく、永遠の童貞として生活した、聖画の基督《キリスト》が輪光して居た。

かうした特殊の生活を背景として、彼の特殊な芸術が作られて居た。読者にして彼の生活を知つたならば、彼の詩について言ふ必要はなく、すつかり解つてしまふであらう。一言にして言へば、それは純粋に加特力教的精神の抒情詩である。或《あるい》はもつと詳《くわ》しく言へば、天国に於ける婚姻を夢みるところの、宗教的幻想のエロス詩である。しかしながら彼の加特力教は、ボードレエルやヱルレーヌやと同じく、多分に肉情的の感覚を持つたところの、近代的異端趣味の加特力であつた。彼の詩に於ける特殊な言葉、例へば「球形の鬼」「輝く城」「紫の盾」「金属の耳」「盲目の蛙」「僧衣の犬」「道化の骸骨」「法相の像」「幻の薔薇」「嫉妬の馬」等のものは、すべてからした異端趣味の、彼の心象に浮んだイメーヂであり、香炉の煙の中に漂ふところの、妖しい僧院の幻想だつた。それらの不思議な妖しい言葉は、作者の意味に於てすべて性慾を表象して居る。即ち「犬」といふ言葉、「僧」といふ言葉、「城」といふ言葉などが、作者のイメーヂの中では、すべて女性の肉体（胴や、臍や、胸や、乳房や）を表象して居るのである。詩人は此等の言葉の中に、妖しい性慾の悩みをこめて歌つて居る。その抒情への切ない悶えは、作者と言葉とが一つに重なり、離すことが出来ないほどに食ひ付いてる。真にこの詩人の場合に於ては、言葉と詩とが一つの紐で結びつけられ、互に抱き合つて情死して居るといふ感じがする。かつて日本の詩壇に於て、これほど純粋に芸術的であつた詩人はなく、これほどまた純粋に詩人であつた作家も無かつた。

この加特力教的な不思議な詩人は、三十歳を過ぎる迄も、異性に対する真のsexを知らずに居た。初期の青年期に作つた詩は、たいてい皆美少年を対象にして歌つて居た。その同性の少年等は、彼にとつて全く女のやうに思はれて居た。それは集中の詩に歌はれてゐるやうに、少女に対する如き愛撫であつた。それらの詩の中で、彼は美少年の手足を撫《な》で、胴をさすり、足の指を弄《もてあそ》んで楽しんで居る。しかもその感覚遊戯は、少しも邪淫的なものでなくつて、宗教的に純潔な祈りとロマンチシズムを本質してゐるものであつた。つまりこの詩人は思春期に近い少女のやうに、純粋な感傷性とロマンチシズムとで、同性への愛と思慕とを求めたのである。そして彼の詩篇の中では、この初期時代の作品が一番よく、芸術としての最も高い香気を持つて居た。後に異性への愛に転向してから、彼の詩はげつそり色彩を落してしまつた。つまりその時代からして、彼は芸術上の創造的野心を無くして、ひとへに自己の感傷性の中に溺れてゐたのである。そして詩人が感傷性に溺れる場合、もはや文化上の建設価値を喪失して、自己慰安の作者に堕してしまふのである。彼の後年の日課は、毎日その恋人のために詩を作り、それを無記名にして送るのだつた。逸見氏の話によれば彼はそのために詩の調子を下げ、少女の恋人にも解るやうに、わざと通俗にして書いたといふことであつた。かうした悲しい詩人に対して、私はもはや言ふ言葉がなく、批判の必要さへないのである。(吉川惣一郎といふペンネームは、彼の愛した二人の少年の姓と名を、一語につづつたものださうである。)

彼はいつも孤独の部屋で、黙つて一人で詩を書いて居た。そして時々、恥かしさうにそれを取り出し、白秋氏の雑誌にだけ送つて居た。詩を公表することさへが、彼にとつては恥かしく、処女のやうに顔を赤らめることであつた。(彼の性格が、如何に女性的であり、基督教尼僧的であつたかは、本書の自伝に書いてる白秋氏への彼の心情と、その女らしい思慕の純情とによく現れて居る。）

かうした箱入娘のやうな内気の男が、文壇や詩壇に立つて活躍するのは、あまりに周囲の空気が粗野にすぎて荒々しく、不適当に傷《いた》ましいやうな感じがする。彼も自らそれを意識して居たらしく生涯一冊の詩集も出さず、詩壇的に無記名のままで死んでしまつた。この遺稿詩集でさへも、逸見氏の如き善《よ》き友人が居なかつたら、おそらく世に出る機会がなかつたであらう。何等《なんら》売名的野心がなく、文壇的功名心もなかつた詩人は、それで地下に満足して居るかも知れない。しかし十八歳から詩に志し、四十八歳で死ぬ時まで、三十年も詩作に専念して、その上にも数々の秀れた作品――それらの作品の価値は、日本詩壇の歴史的過程を通じて、第一流の最高位に列さるべきものである――を残した詩人が、一冊の詩集も出さず無記名のままで葬られて居ることは、私等にとつてあまりに寂しく、且つ良心が許さないことである。況んや今日の詩壇には、昨日今日の駆出し作家や、人真似《ひとまね》事で駄詩を書いてるやうな連中さへが、堂々とした詩集を出し、相当に名を売つてるのである。批判の公平と正義の為《ため》にも、私は大手拓次君を紹介して、詩壇に推賞しなければならない義務を持つてる。この不思議な妖術を持つた変化《へんげ》の詩人。加特力教寺院の密室から、香炉の煙に漂ふ異形な幻影を見せる詩人。純情無比なリリシズムと、プラトニツクな夢を持つてる浪漫《ろうまん》詩人。しかしまた性のやるせない悩みを歌ひ、官能の爛《ただ》れる情痴を歌ふエロチシズムの大詩人を、私は自分の「私淑する先輩」として、広く日本の詩壇に広告紹介したいのである。

大手君の詩は、言葉の音韻上に於ける使用法で、仏蘭西語の詩と類似した所があるといふ人がある。仏蘭西語の詩以外に、他のどんな文学も読んで居なかつた大手君のことであるから、或はたしかに、さうした自然的の類似があるかも知れない。とにかく彼の詩の言葉は、非常に美しく抒情的で、その上に全く音楽的である。私は詩集「青猫」に於て、彼の影響を多分に受けてゐることも、此所で再度正直に告白しておかねばならない。その同じことは、一方で大手君の方からも言ふであらうが、私としては心密《ひそ》かに、常に彼を一日の長者として自分の及ばない先輩詩人として畏敬して居た。そしてこの畏敬の情は、彼の故人となつた今に於て、一層深く真実に感じられるものがある。私が心から畏敬し、真に頭を下げるところの詩人は、北原白秋氏以後に於て、ただ吉川惣一郎の大手拓次君あるのみである。

最後にこの稀有の詩人が、私と同郷の上州に生れたといふことにも、私はまたささやかな血縁的愛情を感じて居る次第である。（一九三五・八・二〇）

（『藍色の蟇』アルス一九三六年十二月）

萩原恭次郎について

一九二五年版　日本詩集の総評　より

萩・原・恭・次・郎・

私と同郷のせゐもあるが、この人の如く自分と肌合のよく合つた人物はない。どこまでも上州人であり、率直で、むかつ腹で、義憤家で、感傷家で、しかも革命的情熱に燃えてゐる快男子である。私は恭次郎を親愛し、彼の未来に絶大の希望をかけて居る一人である。何となれば、私の現に熱望してゐる如き叙情詩が、彼の気質の中に発見されるからである。そして彼以外に、私の理想を現実してくれさうな詩人は居《い》ない。

しかしこの希望が、却《かえ》つて彼を迷惑させるであらうことを恐れてゐる。何となれば彼の叙情詩は、今の所では、より多く彼自身の見かけから離れてゐて、その人物ほどには、私と接近できないから。詩に現はれたる恭次郎は、義憤家であるよりもダダイストである。熱情家であるよりもカンシヤク家である。彼は破壊への勇気をもつ。けれども尚《なお》創造への力を欠いてる。この一つの力が彼に湧くとき、本当に未来の詩壇が芽生えるだらう。とにかくにも恭次郎は熱のある作家であり、因襲を破り得る自由の詩人である。退屈の詩壇に於ては、彼のみが溌溂《はつらつ》としてゐる。

（『日本詩人』一九二五年七月号）

烈風の中に立ちて　より

萩原恭次郎君の詩集「死刑宣告」は、現在の私にまで一の新しき悦《よろこ》びをあたへてくれた。何となればあの詩集には、芸術的なものと現実的なものと、夢幻的なものと生活的なものとが、よく一元的に綜合《そうごう》されてゐるから。かつて「新しき欲情」の著書で思惟したもの――その計画は大失敗に終つてしまつたけれど――は、別のニヒリツクな主観に於て、恭次郎君の詩境によく生かされてゐる。何よりもこの詩集は「来《きた》るべき時代」を暗示してゐる。そして同時に「現在する悩み」を表現してゐる。我々の思惟し、意識し、そして訴へようとしてゐる生活の現実感が、集中の文字に塗りつけられてる。

しかし此等《これら》の言葉によつて、私が恭次郎の価値を買ひあげた如く、あまり早合点してはいけない。明白に言へば恭次郎は尚《なお》未成品である。彼の「死刑宣告」は、表現として尚未《いま》だ不完成のものにすぎない。彼はむやみに言語を放散するのみで、一つこれを中心に引きつめる力をもたない。故《ゆえ》にその詩は、多く読者を驚かし、いたづらに視点をきよろつかせるのみであつて、或る焦点にまで心をひきよせる魅力がない。一言にしていへば彼の詩は「つづれの錦《にしき》」である。これを断片的に切断すれば、すべての光輝ある詩語に充たされながら、全体として何等《なんら》力ある意匠がない。その●●●や大小の活字を用ゐるものも、むしろヂレツタンチズムに類してゐて、殆《ほと》んど特種の効果を見ない。

かくの如き多くの欠点、無類の未完成にもかかはらず、とにかくにもあの詩集には、一の不可思議な暗示がある。もし芸術品に於て、その表現に示されたる内容以外に、或る眼に見えざる「形而上の内容」といふ如きものがあるとすれば、それが恭次郎の詩の重要な哲学である。即《すなわ》ち彼の詩境には、現にある一切の文明を破壊して、来るべき次の文明に向はうとする、今世紀の最も深痛な情感性——今や世界のあらゆる人々がそれを感じてゐる——を盛り出してゐる。正に恭次郎は、今世紀末におけるブルジヨア文明の下積者であり、すべての疲労した、退屈した、自暴自棄した、我々の時代の「ブルジヨア末派」が有する一切の情感性を痛感してゐる一人である。

（『日本詩人』一九二六年四月号）

詩集　断片を評す

萩原恭次郎君の近著

明白に言つて、僕は今の詩壇に飽き飽きして居《い》る。どこにも真の創造がなく、どこにも真の情熱がない。若い元気のある連中ですらが、時代の無風帯に巻きこまれて仮睡《かすい》して居る。多少の覇気をもつてる人々は、皮相《ひそう》なジヤーナリズムに追従して、紙屑みたいな機智《ういつと》文学を書いて居るし、もつと融通の利かない奴等は、刺激の無くなつた昔の詩材を、同じ退屈の自由詩でくどくどと繰返してゐるにすぎない。「新しさ」といふことすらが、今の詩壇では全く消耗してしまつたのだ。ただ或る多くの似而非《えせ》詩人等が、「新しさ」の意味を気障《きざ》な「気取り」と混同し、流行服のシイク気取りで、浮薄な得意を感じて居るだけの現象である。「新しさ」の本当の意味は、一つの破壊的熱情であり、創造への力強い意志に存して居るのだけれども、そんな巨人的な意志に本質して居る詩人はどこにも居ない。すべての詩壇的現象は「空無」である。

かうしたナンセンスの時代に於て、最近僕は一つのがつちりした、稀《ま》れに内容の充実した好詩集を見た。即《すなわ》ち萩原恭次郎君の新書『断片』である。最近の詩壇を通じて、僕はこれほどガツシリした、精神のある、本当の詩の書いてある詩集を見たことがない。この詩集に書いてるものは、シイクボーイの気障な流行意匠でもなく、蒸し返した自由詩のぬらぬらした詠嘆でもない。これは一つの沈痛した――その精神の中へ鉄のハガネをねぢこまれた――巨重な人間意志の歪力《わいりよく》である。表現を通じて、言葉がその「新しさの仕掛け」を呼んでゐる。言語はぶしつけに、ねぢまげられて、乱暴に書きなぐられてゐる。しかも力強く、きびきびとして、弾力と緊張とに充たされて居る。すくなくとも詩のスタイルとフォルムの上で、『断片』は一つの新しい創造を啓発した。本来言語に緊張を欠き、ぬらぬらとしてだらしのない現代日本の口語を以《もつ》て殆《ほと》んどやや過去の文章語に近いほどの弾力と緊張とを示したことで、最初に先《ま》づこの詩集の価値をあげ、恭次郎君の芸術的功績を賞頌《しようしよう》せねばならないのである。

かつてダダイズムの詩集『死刑宣告』を書いて以来、恭次郎君は久しく郷里の田舎に隠退して居た。あのアナアキズムの没落や、それの悲運に伴ふ同志の四散やが、おそらくは君の心境に影深い衝動《しよつく》をあたへた。そして一人で田舎にかくれ、静かな孤独生活を続けて居た。かつて昔、外部に向つてヒステリカルに爆発してゐたところの、あの一種の虚無的テロリストの情熱は、田舎の孤独な生活からして、次第に君の内部に向ひ、魂の深奥な秘密に対して、静かな冥想の目を向けるやうになつて来た。そして今や、君の本当の「詩」を意識して来た。それはヒステリカルの興奮でなく、より内奥な意志をもつところの、静かな、美しい、真の芸術的な憤怒であり、そしてその怒を書くところの抒情詩だつた。

詩集『断片』は、決して所謂《いわゆる》プロレタリア詩の類種ではない。それはもつと芸術的で、高い美の精神をもつたところの別の種類の詩集である。（といふ意味は、それが「政治のための手段」でなく、真の「芸術のための芸術」であり、美を目的とする創造であることを指してるのである。）僕は所謂アナアキストではないけれども、詩集『断片』に現はれてる著者の思想と心境には、全部残りなく同感できる。なぜなら此所《ここ》には、世俗の所謂プロレタリア詩に類型するところの、あの常識的な社会意識や争闘意識やの「概念」がなく、真の人間性に普遍してゐるところの、真の内奥的な意志や感情やがあるからである。そして勿論《もちろん》、真に芸術と言はれる者は、決して「概念」——その中にイデオロギイも含まれてゐる——によつて書かれはしない。

詩集『死刑宣告』に現はれた萩原君は、甚だしくデカダン的頽廃《たいはい》の魂を持つたところの、暗黒絶望の薄ぎたないニヒリストだつた。然《しか》るに『断片』に於ける萩原君は、むしろ一個の悲壮なる英雄として、気品の高い崇高な風貌を以て示されて居る。それは運命の逆圧された悲劇の中で、あらゆる苦悩に反撥《はんぱつ》しつつ、苦悩に向つて戦を挑むところの、人間意志の最も悲壮な英雄詩を本質して居る。（その限りに於て、僕がかつてニイチエから受けた強い刺激を、同じやうに萩原君の詩から受けた。）

恭次郎君の詩人的特性には、或る種の妙にひんまがつた、冷酷で意地の悪い、歪《ゆが》んだ力のユニイクな反撥がある。この一種の歪力が昔から一貫して、君の詩の特色を風貌づけ、且《か》つその点で特殊な魅力を持つたのであるが、今度の『断片』に於てもまた、それが詩的情操の重心となり、バネのよく利いてるネヂのやうに、詩の情感性をぎりぎりとよく引きしめて居る。この特殊な意地の悪さ、惨虐《ざんぎやく》性、ひん曲つた意志の歪み、それが恭次郎君の場合に於ては、すべての芸術的機関部になつて居るのである。恭次郎君の場合に於ては、すべての抒情詩的な者も、すべての英雄詩的な者も、皆この一つの機関部から動力されて居る。その点について見れば、前の『死刑宣告』も今度の『断片』も、結局同じ一人の詩人が書いた、同じ一つの特殊作品に外ならない。

萩原恭次郎君と僕とは、偶然にも同じ上州の地に生れ、しかもまた同じ前橋の町に生れた。多くの未知の人々は、しばしば誤つて僕等二人を肉親の兄弟だと思つてゐる。それほどにも偶然の故郷を一にした我々二人は、芸術上に於ても、多少また何等《なんら》か共通の点がないでもない。前の『死刑宣告』の詩的本質から、かつて僕はその一部の共通を感じて居たが、今度の『断片』を読んでもまた、同じく或る点で共通を発見し、芸術的兄弟としての親愛を一層深めた所以《ゆえん》である。最後に再度繰返して、僕は詩集『断片』の価値を裏書きしておく。今の若い詩壇と詩人が、もしこの詩集の価値を認めず、理解することが出来なかつたら、この上もはや、僕は何物をも彼等に求めず、一切を絶望して引退するのみである。

（『詩と人生』一九三二年三月号）

四季同人印象記　より

三好達治について

三好達治

三好君を初めて知つたのは、伊豆の湯ケ島へ滞留してゐた時であつた。この時三好君の同行した友人に、梶井基次郎と淀野隆三とがあつたので、併《あわ》せて三人を初めて知つた。三好君と交際するまで、僕は殆《ほと》んど若い文学青年に知己がなかつた。もちろん僕を訪問して来た人々や、周囲の事情でしばしば逢《あ》つた人はあつたが、どういふものか、僕の方で胸襟《きようきん》を開いて語るやうな青年がなかつた。従来の経験から、僕は若い人たちと交際して、いつも不愉快の思ひばかりしてゐた。というのは人々が僕を理解してくれない為《ため》に、こつちで胸襟を開いて交際すると、それがいつも悪く誤解され、却《かえ》つてひどい目に逢はされるのである。と言つて僕には、先輩としてのポーズを取つて、差別意識的に人と交際することができないので、自分の子供のやうな若い人にも、常に対等人として話をし、真剣にぶつかつてつきあふので、理解力の発達しない若い人々に、誤解されるのは無理からぬことであつた。しかしその為、僕は常に不快な腹立たしい思ひをつづけ、本来孤独癖のある自分が、いよいよ益《ます》々《ます》交際嫌ひになつてしまつた。特に自分より年の若い青年とは一切逢ふのが厭《いや》になり、断然寄せつけないことにさへきめてしまつた。

からうして長い間、厭人癖の孤独に生活してゐた僕が、三好君と知つて以来、大いに人生観を明るく一変するやうになつて来た。と言ふわけは、三好君の人物が、従来僕の知つてる青年とは、全然範疇《はんちゆう》を異にした別人種であつたからだ。何よりも僕は、三好君の精神が高邁《こうまい》であり理解力がよく、インテリタイプなのに驚いた。過去に僕は、一度もこんな愉快な青年に逢つたことはなかつた。「汝、決して若者と語ること勿《なか》れ」といふ僕の過去の苦い禁止令は、三好君と逢つてすつかり解令になつてしまつた。単に三好君ばかりではない。梶井君や淀野君やの友人が、また実に気持の好《よ》い青年だつた。最近でこそ、僕は比較的多くの親しい知己を青年の間に持つてゐるが、その当時には初めての経験なので、世にはこんな青年たちもゐるものかと思ひ、過去の井の中の蛙であつた自分の愚を、つくづく偏見的にさへ反省した。

三好君とは、大いに一緒に酒を飲んだ。酒をのんで酔つぱらつても、差支へないと思つたからである。それ迄《まで》の自分は、若い人と一緒に酒をのんで、いつも必ず悔恨した。つまり僕が酔中でする言行が、若い人にとつて軽侮や誤解を受けたからであつた。それでまた「汝、若者と酒を飲む勿れ」といふ禁令が、僕の生活に一つ加はつたわけであつた。然《しか》るに三好君と逢つてから、またこの禁令も解禁された。三好君となら、いくら酔つて野性のナイーヴな本心を暴露しても、決して誤解や軽侮を受ける心配がないと思つたからである。つまりそれほど理解力が聡明に発達してゐる青年を、三好君に於て初めて知つたわけであつた。淀野隆三君は、或る文章の中で僕との交際のことを書き、湯ケ島で初めて僕と知つて以来、自分は勿論《もちろん》、三好、梶井の人生観や文学観やに、エポツク的の一変化を来したと書いてゐるが、これは僕の方でも同様であり、たしかにその時以来、僕の人生観は多少とも明るくなつて来た。これは僕の方で、三好君等に感謝せねばならないことである。

三好君は人と話をする時、胸を張つて直立不動の姿勢を取り、軍隊式に、ハイツ、ハイツと言ふ。陸軍幼年学校に居《い》た時の習性が、未《いま》だに残つてゐるのである。彼は一種妙な豪傑笑ひをする。爽快な笑ひであつて、しかも空洞に寂しい笑ひである。或る人が三好君の表情を評して、泣いてゐるのか笑つてるのか解らないと言つたが、人物そのものの性情が、一体さういふ風に出来てるのである。彼は一見男性的のやうに見えて、実は意外に女性的の気の弱い人間である。彼の純情さもリリシズムも、すべてこの女性的の気質を反映してゐる。彼の性格の中には、魂の不潔さといふものが少しもない。僕の知つてる範囲の中で、三好君は最も心情の高貴性と美しさを持つてる人間である。そして実にこの一点が、僕の交情的に深く引きつけられた所以《ゆえん》であつた。

（『四季』第二十号一九三六年初秋号（八月七日発行））

六号雑記（『四季』）より

丁度《ちようど》「四季」の創刊号が届いた。僕の「氷島」が三好達治君から大分《だいぶ》ひどくやつつけられてる。由来《ゆらい》三好君は僕の苦手である。一所に酒でも飲んですこし女などに手を出すと、すぐ三好君から「何です、その醜態は。だらしがないツ。」と頭から叱られるので怖くてたまらぬ。尤《もつと》もこれは私生活上のことであるが、芸術上で叱られたのは今度が始めてである、一々詩を引例して技巧の未熟を指摘されては、まるで先生の前に立たされた生徒のやうで、僕としてただ赤面羞恥《しゆうち》たる外はない。（そのくせ三好君は僕のことを先生と呼んでゐる。）たしかに三好君の非難した或る部分の詩句、例へば「いかなれば虚無の時空に、新しき弁証の非有を知らんや」などは、我ながら少し粗放で芸術的良心に欠乏して居《い》た。しかし他の詩句「けふの思惟するものを断絶して、百度《ひやくたび》も尚《なお》昨日の悔恨を新たにせん。」などは、前行からの連絡も自然であるし、僕としての詩感も切実に歌はれてゐて自分では決して悪いと思つて居ない。だが詩の読者にあたへる表象と好悪とは、人によつて別々にちがふのだから、三好君が悪いと感ずればそれ迄《まで》の話である。況《いわ》んや序文にも書いた通り、今度の詩集にはあまり芸術的野心を持たなかつたのだから、かうした技巧上での非難は、僕としてそつくり肯定しておいても好《よ》い。しかしポエヂイの本質するエスプリに就いて、三好君の非難するところは僕に断じて肯定できない。「氷島」の詩は僕の生活の最大危機に書いたもので、背後にはすべて自殺の決意さへひそんで居たのだ。僕にとつてこれほど血まみれな詩集はなく、巧拙を別として、真剣一図《いちず》の悲鳴的な絶叫だつた。それを「惰性で書いた没詩情の文学」として片付けられては、如何《いか》に三好君の言と言へども憤慨せざるを得ないのである。

要するにこの問題は、僕と三好君との間に於ける人生観の相違から来て居るものと思ふ。歌集「日まはり」あたりから、三好君の人生観は著るしく東洋的の枯淡趣味に低徊《ていかい》して、閑雅な静寂の心境に浸らうとする傾向を生じて来た。かうした三好君の現在する心境にとつて、僕の「氷島」は少し痛々しく、何かしらその安静を掻き乱すやうなものが有つたにちがひない。つまり言へば、目下の三好君が耳を押へて故意に聴くまいと勉めてゐるものを僕が無理に痛々しく聴かせたので、それが三好君の悲しい心に、或る皮肉なモラル的な反感を呼び起させたものと思ふ。それを深く考へる時、僕もまた三好君に対して「詩に告別した室生犀星君へ」を書かなければならないやうな思ひがする。

とにかく人生のことは不如意《ふにょい》が多く、何もかも悲しいことばかりである。三好君は筆を擱《お》くに当つて、あれやこれや、人生の悲愁を感じ、眼底の熱くなるのを感じます。と書いて居るが、僕もまたその同じ思ひを痛感して居る。三好君の悲しみは、おそらく僕がいちばんよく理解して居る。そして三好君も、おそらくまた僕を知つてくれるだらう。僕等は昔から理解し合つた「心の友」だ。今さら何も言ふこともなく、この上説明することもない。三好君の率直な批評をよんで、僕はその背後にある人生の意味を考へ、それから尚「閒花《かんか》集」にある三好君の悲しい詩。

——この書物を閉ぢて、私はそれを膝に置く
人生　既に半ばを読み了つたこの書物について……私は指を組む。
枯木立《かれこだち》の間、蕭条《しょうじょう》と風の吹くところ、行く手に浮んだ昼の月。ああ
あの橇《そり》に乗つて、私の残りの日よ、単純の道を行かう。父の許《もと》へ。

を思ひ浮べ、言ひやうのない暗愁に深く捉《とら》はれた。僕の人生も悲劇であるが、三好君には尚もつと悲しい絶望があるにちがひない。君は耳を押へて聴くまいとする。そして僕は、君の傷ついた心に痛みをあたへた。許してくれ給へ！　僕の言ふことはこれだけである。

（『四季』第二号一九三四年十二月号）

三好達治君への反問

三好達治君が、僕の「純正詩論」の評を帝大新聞に書いてる。近頃三好君の書く物をよむと、何だか僕が、一々教訓されてゐるやうな気がしてならない。別に悪い気持ちではないけれども、時々その教訓が腑《ふ》に落ちない箇所もあるので、簡単にその箇所を反問し、さらにまた三好君の答を聞きたい。

三好君の説によると、日本語の詩はその国語の性質上から、音楽性の稀薄なことを特色とし、代りに意味の含蓄による印象性を本質とするといふのである。このことは、僕も「純正詩論」中の一論文（饒舌の詩と沈黙の詩）で詳説した通りであるから、此処《ここ》までは別に異見なくお互に同感である。しかしこの前提からして、三好君は日本語詩の音楽性を不必要とし、印象性のみの表現を主張して居《い》る。そこでかつて北川冬彦君等の所謂《いわゆる》新散文詩に対した僕の抗議と論争とが、再度また三好君を相手に繰返されることの羽目になつた。だがその議論は後に廻して、三好君の説で特に反問したいのは、日本語詩に音楽性の不必要な例証として、三好君が俳句をあげてることである。

日本の俳句が、和歌や長歌等の抒情詩に比して、比較的音楽性に稀薄であり、意味の暗示による印象性に富んでることは勿論《もちろん》である。しかしながら俳句と雖《いえど》も、575の韻律形式を持つてる以上、やはり詩としての本質を音楽性に置いてるのである。特に芭蕉の如きは、俳句の音楽性を第一義的に重視して、常に「俳句は調べを旨とすべし」と弟子に教へて居た。三好君の言ふ如く、日本語詩の本領が、観念的イマヂズムの点のみにあり、音楽性を無視して成立されるものであつたら、古来からもつと早く、純粋散文形式の特殊な詩が、日本に生れて居た筈《はず》である。然《しか》るに日本の詩歌は、逆にその音楽性の稀薄な点で長く苦心し、如何《いか》にもしてそれを求めようとする欲求から、特殊な修辞学による「文章語」さへも創られたのである。わざわざ文章語を作つてまでも、詩に音楽性を欲求しなければならなかつたといふ事情は、詩人が如何に強く表現の音楽性を熱情したかといふこと、換言すれば詩の第一義的条件が、実に音楽性そのものに有るといふことを実証して居る。

この秋は何で年よる雲に鳥
笠島はいづこ五月の泥濘《ぬかり》道

うきふしや竹の子となる人の果《はて》
衰《おとろ》へや歯にかみあてる海苔の砂

かうした芭蕉の俳句を、しづかに黙読して味つて見給へ。その句の詩情してゐるところの侘《わ》びしをり、人生の沁《しみじみ》々とした詠歎を感じさせるところのものが、主として全く言葉の奏する音楽性（調べしをり）の中に存することを知るであらう。即《すなわ》ちそこには、如何にもやるせなく嚙んで吐き出すやうな調子があり、その音楽が詩句の内容と不離にからみ合つて、初めて此処に芭蕉のポエヂイが成立して居るのである。芭蕉自身もそれを意識し「声のしをり」と「心のしをり」とは、一にして二に非ずと言つてる。もし此等《これら》の俳句からその声調の音楽感を取つてしまへば、芭蕉の抒情詩として残る所はゼロにひとしい。蕪村になると、比較的イメーヂ的の要素が強く、音楽性の方は少しく稀薄になつてるけれども、これも芭蕉との比較であつて、決して本質的に音楽を無視して居るものではない。

三好君はまた漢詩、和訓朗読を引例して、それが韻律を無視した散文読みであるにかかはらず、一種の音楽的な抑揚美があると言ひ、その故《ゆえ》に日本語の詩は、必ずしも韻律の必要がないと説くのである。この三好君の説は、僕も全く同感であり、且《か》つ僕自身も昔からその主義によつて「青猫」等の自由詩（非韻律詩）を書いてるのである。しかし「韻律がない」といふことは、「音楽がない」といふこととは意味がちがふ。もし三好君の思惟する所が、漢詩の散文読みから推論して、現代日本語の非音楽的な散文詩を肯定しようといふのであつたら、大いにその論理の誤謬を責めねばならない。

漢詩の和訓読みには、三好君の言ふ如く、たしかに一種の音楽的節奏がある。そしてこの節奏は何処《どこ》から来て居るか？　それを考へることが大切なのだ。つまり所謂「漢文調」と称するものは、日本語の平板的な単調と柔軟性とを補ふために、昔の人が特に一種の新しい音楽を工夫して作つたのである。さうでなくとも、漢語（昔の支那《シナ》語）には強いアクセントがあり、拗音《ようおん》や促音《そくおん》が多く、大和言葉に比して、遙かに声調の変化に富んでる。かうした言葉で本来韻律的に作られた支那の漢詩を、日本流に和訓してよむ場合に、自然に一種の音楽的な調子がつくのは当然である。この特殊な文章が「散文」である理由によつて、一般現代口語による散文の詩を肯定しようとするのであつたら、それは「散文」といふ言語の概念に誤まられた非論理である。三好君は、僕の詩論を西洋詩論の直訳であつて、日本語の実情に適当されないと言つてるけれども、これもまた「有るもの」と「有るべきもの」とを混合して、僕等の現状して居るザインの詩から、真のイデアすべきゾルレンの詩を断定しようとするところの、三好君の早計すぎる判断である。僕の詩論は、或《あるい》は正に「現代の日本詩」に適用され得ないか知れない。しかもそれは過去、現在、未来を通じて、不易に真の詩情が欲求せねばならないところの、世界的に普遍さるべき詩論なのである。

（『四季』第十号一九三五年夏季号（八月二十五日発行））

狼言（『四季』）より

丸山君の詩集「一日集」に対する、三好達治君の批評（四季十一月号）は、公開状と銘うつたほど、可成烈《かなりはげ》しい直言であるけれども、その批評の焦点には、どうも僕に了解できない節がある。特にレトリックに関する批評は、三好君の独断的の美学にすぎて、普遍的に読者を承諾させがたい。一体三好君の批評には、何につけてもレトリックの独断美が強すぎる。これは三好君に自信のある証拠であるが、それだけ普遍性の公理に乏しいわけでもある。三好君は「晦渋《かいじゆう》」といふことを、ひどく忌み嫌つて居《い》るらしいが、その悪例として引用した丸山君の詩（例へば「神」の如き）は、僕の見る所で決して晦渋と言ふべきではないと思ふ。もしそれだつたら、コギトの伊東静雄君の詩の如きは、三好君から覿面《てきめん》にやツつけらるべき典型である。果してまた三好君は、伊東君を常に非難して居るさうであるが、この点僕と大に意見を異にして居る。思ふに三好君の詩論する精神には、仏蘭西《フランス》パルナシアン的の思想が本質して居る。即《すなわ》ちルコント・ド・リール等の高踏派詩人の如く、詩想の判然明白と言ふこと、知性の明徹といふこと、不動不変の態度といふこと、鉄のゴチツクフオルムといふこと、等々の詩学が根拠して居る。この三好君の詩学を知つてから、改めてまたその四行詩等を読むと、この詩人のユニイクな詩境がよく解つて、一層にその秀れた詩人的価値を増すのであるが、同時にまたその批判の独断的非妥当性が指摘される。なぜなら丸山薫君の本質してゐる詩境は、始めから象徴派の系統に属してゐるのであり、そして「象徴派」と「高踏派」とは詩論に於ても詩情に於ても、全く相入れない正反対の両極致であるからである。三好君が、その高踏派パルナシアンの詩学からして、対蹠《たいしよ》派の丸山君を非難するのは、丁度《ちようど》今の歌壇で、アララギ派の人が石川啄木や与謝野晶子をやツつけるのと、同じやうに非妥当的であると思ふ。

（『四季』第二十三号一九三七年一月号）

丸山薫について

四季同人印象記　より

丸山薫

丸山君と知つたのは、極《ご》く最近である。或る日女中が顔色を変へてやつて来て、玄関に恐ろしい人が来て立つてると言ふ。多分押売《おしう》りでも来たのかと思つて逢《あ》つて見ると、それが丸山薫君であつた。ちつとも恐ろしい顔なんかしてゐないが、黙つてむんづりふくれ返つてるので、女中が少々気味悪く思つたのだらう。しかし逢つて見ると、割合に打解けて話をするし、性質が素直で純粋なので、すぐザツクバランに親しい間柄になつてしまつた。僕は今迄《まで》かつて、丸山君のやうに純情な男を見たことがない。その純情さは、時々いぢらしさを感じさせる位《くらい》である。この点では、室生犀星君が同様である。けれども、彼はそれを逆説的に表現し、故意に毒舌を弄《ろう》して向つて来るので、結局こつちも腹が立つて喧嘩《けんか》になるといふわけである。丸山君にはその室生的逆説がないのであるから、僕としては非常に交際がし易《やす》いのである。しかし丸山君と附合つてると、時々大きな駄々つ子といふ感じがする。その駄々つ子が昂《こう》じて来ると、室生君とは別の仕方で、一種の逆説的なスネ方をする。さういふ時には、一つ位肩を引つぱたいて、しつかりしろ！　と怒鳴《どな》つてやりたくなる。つまりあまり性質が善良すぎて、こつちが苛々《いらいら》してくるのである。

大きな子供である丸山君は、一つの玩具箱を持つて楽しんでる。その箱の中には、帆、ランプ、鷗《かもめ》、マストなどが入れてあり、時にはまた折紙の鶴などが這入《はい》つてゐる。彼は与謝蕪村と同じやうに、それによつて追憶の夢に耽《ふけ》り、魂の時間的郷愁を侘《わび》しんでゐるのである。この悲しい子供は、永久にそのベッドの中で泣かしておくより仕方がない。

（『四季』第二十号一九三六年初秋号（八月七日発行））

丸山薫と衣巻省三

丸山薫君と、衣巻省三《きぬまきせいぞう》君と、それから稲垣足穂《いながきたるほ》君とは、詩人としての精神に於て、一つの共通した血統を感じさせる。そして不思議にも、彼等は三人とも神戸生れの詩人であり、僕と友情的に親しい交誼《こうぎ》を続けて居《い》る。元来僕は交際嫌ひの人間であつて、容易に人と親しくなれない。特に年齢のちがふ若い人に対しては、何かしら窮屈の感じがして、一層打ち解けた気になれないのだが、衣巻君や稲垣君に対しては、不思議に他意のない親交を感じさせる。思ふに僕の素質の中にあるデカダンスやニヒリズムが、此等《これら》の詩人たちの素質してゐるところのものと、一服共通するためであらう。しかしもつと根本のことは、僕のポエヂイの一要素である海港的ノスタルヂアが、丸山君等の海港詩人と気質的に一致する点にあるのか知れない。衣巻君に言はせると、僕は日本でいちばんハイカラな詩人であるさうである。しかしハイカラといふよりは、むしろ海港的ノスタルヂアの詩心に於て、僕等の親和し得る関係があるのかも知れない。

丸山君も衣巻君も、どこか汽船の船室に点《とも》つた洋燈のやうな影を持つてる。丸山君の方は、どこか小汽船の船長といふ感じであり、衣巻君の方は、色の縞シャツを着た波止場のヨタモノといふ感じである。二人共その人物の背後に於て、宿命論者の悲しい影を長く曳いてる。何《いず》れも生物意識の消えて行く岬の影で、寂しい人物の漂泊してゐる風景である。

丸山君も衣巻君も、共にデカダンスでニヒリストである。しかし丸山君の素質の中には、一人のロマネスクな騎士が住んでる。これが彼のポエヂイの水先案内で、極光の見えるイデアの陸地へ、無限の侘《わび》しい郷愁を詠嘆させてる。

砲塁

破片は一つに寄り添はうとしてゐた。
亀裂はまた頬笑まうとしてゐた
砲身は起き上つて、ふたたび砲架《ほうか》に坐らうとしてゐた。
みんな儚《はかな》い原形を夢みてゐた
ひと風ごとに、砂に埋れて行つた
見えない海――候鳥《こうちょう》の閃《ひらめ》き。

詩集「帆・ランプ・鷗《かもめ》」より

丸山君の詩である。悲しい歌だ。絶望的な詩だ。僕はこの詩をよんで感動した。これほどやるせない思ひをしながら、この詩人が尚《なお》生活して居られるのは、この「原形」に帰らうとする、イデアの儚《はか》ない意志と希望があるからだ。これに反して衣巻君は、その「原形」に帰らうとする意志さへも持たないところ、永久に砂山の中に埋つてゐるところの砲身である。この「壊れた砲身」は、再度もはや起き上つて、砲架に坐らうと意志しない。否もはや意志する力さへも無くして居るのだ。それは永久の悲しい埋没。砂に埋れた「壊れた砲身」の詩人である。そこで衣巻君は、自ら悲しんで自分の詩集に標題し、「壊れた街」といふ名を選んだ。適切にもあまりに寂しい題ではないか。

衣巻君の風貌には、いつも陽快な道化役者が踊つて居る。顔も血色がよく、若さがみちみちてキビキビしてゐる。生理的な憂鬱さは、この人の外貌の何処《どこ》にも見られない。それにもかかはらず、衣巻君の文学する本質の精神は、純粋に生理的なものであり、あまりに生理的でありすぎる。この詩人のニヒリズムは、或る見方によつては「活動力の過剰」とも考へられる。若さの充ちた体の中に、エネルギイの過剰した活動力が溢《あふ》れてゐるのだ。しかも悲しいことに、彼は心理的に早老してしまつて居る。言ひかへれば、人生に於ける興味の対象を無くして居るのだ。こんなに若く元気の好《よ》い、エネルギイを持てあましてゐる紅顔の青年が、老人と同じやうに、生活する興味の対象を無くしてゐることは、考へるだけでも傷《いた》ましく悲劇的な事実ではないか。――地獄の退屈！　衣巻君の場合に言はれるのはこの言葉だ。

そこでこの悲しい詩人は、所在なさからトンボガヘリをして遊んでゐる。道化役者のやうに、頬つぺたを赤く塗つたり、マスクをかけてチャールストンを踊つたりする。さうでもなければ、過剰するエネルギイのやり場がなく、退屈からの逃げ場がないのだ。それでもやつぱり、心の底の悲しみに耐へられないので、パラピンの臘《ろう》人形を造つて玩具にし、女の蒼白い肉の影に、ほのかな情緒を夢みて悲しんで居る。そしてこの一つの情緒は、衣巻君の場合に於て少年のやうに純粋である。（この純粋性が、彼を詩人に育てたのである。）

いつか丸山君に逢《あ》つた時、彼は適切にも衣巻君を批評して言つた。曰く、衣巻君の場合にあつては、悲哀がポエヂイ以上に深刻になつてるのだと。畢竟《ひつきよう》するに、芸術することは一つの「美しい享楽」である。ポエヂイする精神には、いつも読者を悦《よろこ》ばす楽しみがある。衣巻君の場合の如く、ポエヂイが生理的に食ひ入つてる場合に於ては、しばしば「美」がそれの夢を失ひ、詩が実感の残忍性によつて破産される。丸山君の批評は、衣巻君に対する詩人としての賞讃になつて居ない。むしろそれは、芸術家としての致命的な急所を突いてる。しかもまた同時に、人間としての深い理解を示して居る、けだし丸山君自身が、殆《ほと》んど性情の或る一点で、衣巻君と全く同一類型の人物に属するからである。そこで衣巻君について言つたことは、同時にまた丸山君自身の批評にもなつてるのだ。丸山君の人生もまた、地獄の退屈の人生である。しかしながらただ、丸山君はイマヂストの夢を持つてる。「帆・ランプ・鷗」の詩人は、水の浮びあがる泡のやうに、虚妄の底からファンタヂアを幻想する。彼の人生は寂しくとも、詩を破産することは無いであらう。

衣巻君の悲劇の一つは、聡明にすぎるといふことである。すべてのニヒリストの宿命が、聡明に生れたことに因する如く、衣巻君の場合もまた同様である。（頭脳の悪いニヒリストといふものは、世の中に一人も居ない。）ところで世の中の事業といふものは、すべて馬鹿が仕遂げるのである。利口すぎる人間には、決して何事も出来はしない。利口すぎる人間は、チャレー・チャップリンなどのやうに、道化役者になつて「自己の悲哀をまぎらす」外に、如何《いか》なる生活の様式もない。そこでニヒリストと道化役者とは、しばしばまた同字義《シノニム》になつてくる。最大の悲劇は、常に馬鹿笑ひの喜劇でのみ表現される。

聡明にすぎる衣巻君は、いつも自ら意識しながら、チャップリンのやうにその生活を表現して居る。彼は壁の上に足を立て、頭を床にした奇妙な仕方で、そのデタラメの音楽を奏して居る。その諧調を逆にしながら、足で風琴の鍵板を弾いてゐるのである。げに「足風琴」とは、いみじくも名付けた悲しい詩集の題であつた。雑誌「椎《しい》の木」で或る女の詩人がこれを批評し、簡単に「お行儀の悪い詩ですこと」と言つたのは、百の批評にまさつて適切であり、著者の心境する悲しみを言ひ当てて居る。これを聞いた衣巻君は、おそらくまた何時《いつ》ものやうに、下唇を突き出してヒヒヒヒと笑つたことであらう。だからこの聡明な詩人は、他の雑誌に書いて自ら詩を破壊するといつてる。この意味は、自分が真の詩人でなく散文家に過ぎないといふことを弁証して居るのである。

衣巻省三と丸山薫、それに稲垣足穂の三人を数へて、僕は現代日本の代表的なデカダン詩人、世紀末的な詩人だと思つてゐる。最後に、ショーペンハウエルの言葉を追記しておく。

人生の悲劇は、人が生きるために、絶えず何事かを為《し》なければならないといふ命題にあるのではない。真実のことは、絶えず何事かを為なければならないやうに、我々を鞭で追ひ立てるところの、残酷な意志の衝動に存するのである。　　ショーペンハウエル

（『四季』第三号一九三五年一月号）

「神」について

「神」について——丸山君は、この詩で一つの新しい飛躍をして居《い》る。従来の丸山君の詩は、自己慰安の悲しい洞窟の中に納《おさま》つて居たが、今度の詩には対他的の烈《はげ》しい感情が鬱積《うつせき》されてる。この新しい傾向には、ポエヂイとして北川冬彦君などに共通するものがある。丸山君としては、詩集「鶴の葬式」中に於ける、唯一の異彩的な作品、「水の精神」あたりから自然に発展して来たものであらう。忌憚《きたん》なく批評すると、詩集「鶴の葬式」は、前の詩集「帆・ランプ・鷗《かもめ》」の惰性的な延長であり、言はば前の詩集の拾遺篇であつて、第二詩集としての独立的な価値に欠けて居た。ただその中の一篇「水の精神」だけが新しく、此所《ここ》から萌芽さるべき未来の発展を期待させたが、この「神」等の本質する詩情を見ると、やはりその「水の精神」の発展であり、期待の空しくなかつたことを感じさせた。とにかくにも丸山君の詩と人物とが、近頃著るしく意志的な力を加へ、鬱積したニヒリストの内的抵抗を帯びて来たのは、僕にとつて注目に値する現象である。

尚《なお》ついで乍《なが》ら、同じ七月号に書いてる津村信夫君の丸山薫論（郷愁に就いて）中で、「彼は物体を愛した。しかも物体を愛することは、その物体の心になることであつた。」と言つてるのは、丸山君の批評としてよくその全貌を伝へて居る。たしかに丸山君の詩は、本質に於てセザンヌの絵と共通して居る。無限に長い時間の間、不動の空間に静止して居る一つの物体。それを種々の角度から観察し、様々の感情で味ひながら、セザンヌは倦《あ》きずに絵を描いて居た。セザンヌほどにも、孤独で退屈な画家は世界になかつた。その同じ物体の心と嘆息とが、丸山薫の詩の中にも居るのである。

（『四季』第十号一九三五年夏季号（八月二十五日発行）「詩壇時感」中「四季の詩について」より）

幼年の郷愁

丸山薫君の「幼年」は、幼年時代に書いた詩集といふ意味ではなく、幼年時代を追憶する詩集といふ意味であり、丁度《ちようど》北原白秋氏に於ける「思ひ出」に相当するものであらう。郷愁の詩人丸山君は、この詩集に於てまた過去への郷愁、遠き時間への悲しいノスタルヂアを歌つて居《い》る。

凧《いかのぼり》 きのふの空の有りどころ

与謝蕪村が歌つたこの一つの郷愁は、そのまま丸山君のポエヂイに本質して居る。先に「砲塁」の詩を書き、また幼年への限りなき思慕を抒《の》べてる丸山君は、或る意味に於て一九三五年代の蕪村である。

(『四季』第十号一九三五年夏季号(八月二十五日発行))

伊東静雄について

現代詩壇総覧〔一九三六年〕より

伊東静雄は、この「コギト」に於ける殆《ほと》んど唯《ただ》一人の韻文詩人である。そしてこの新しい詩人の出現ほど、昭和十一年の詩壇に大きな波紋を興《おこ》したものはない。少しく誇張して言へば、日本の詩壇は伊東によつてコペルニクス的転廻をしたのである。なぜなら久しく失はれてゐた純正詩のイデアとリリシズムとが、伊東によつて始めて具体的に歌ひあげられたからである。少し以前まで、詩壇はリリシズムを甚だしく軽蔑した。そして最近では、逆にそれが最も強く熱情されてゐる。この二つの時期の逆転廻をエポツクしたのが、即《すなわ》ち伊東静雄の詩なのである。しかも彼の詩のリリシズムは、近代的理智のあらゆる重圧をくぐりぬけて、底に深淵な意味の哲学を内容してゐる。それはまことに「得がたきもの」と言はねばならぬ。「わが人に〔ママ〕与ふる哀歌」は、昨年度に於て金牌《きんぱい》一等賞に価する名詩集であつた。

（『文学界』一九三七年一月号）

詩壇の新人　より

伊東静雄　雑誌「コギト」の同人であり、日本浪曼《ろうまん》派が生んだ新進の桂冠《けいかん》詩人である。立原道造と共に、伊東静雄もまた現代の新しい恋愛詩人である。だが立原の詩が「若さの悦《よろこ》び」を歌ふ時に、伊東は「若さの悩み」を歌ひ、前者が「恋愛の勝利」を歌ふ日に、伊東は「恋愛の破滅」を詠嘆する。即《すなわ》ち伊東静雄は、正にこの時代の虚無と苦悩を代表してゐる詩人であり、失はれたる青春を嘆きつつ、しかも若き魂の挽歌を奏してゐるところの詩人――時代の哀歌をうたふ詩人――である。この意味で彼の詩は、ヘブライ哀歌の「雅歌」に似て居《お》り、また雅歌のやうに美しくして悲しい限りの物をもつてる。おそらく彼は、新進詩人中の第一人者であるだらう。

（『文芸通信』一九三七年二月号）

わがひとに与ふる哀歌

伊東静雄君の詩について

ひさしく抒情詩が失はれてゐた。これは悲しい事実であつた。

詩といふものはあつた。それは活字によつて印刷され、植字工によつてメカニカルに配列されたところの、一つの工業図案的な絵文字だつた。人々は詩を玩具《おもちや》にした。魂が詩を「歌ふ」のでなく機智《キツト》が詩を「工作する」のであつた。朝、詩の霊魂であるリリシズムが、何処《どこ》かへ鳥のやうに飛んでしまつた。骸炭《コークス》のやうな物だけが後に残つた。火の消えた、黒い、つまらない固形だけが残つて居《い》た。人々はそれを炉から取り出し、珊瑚礁《さんごしよう》でも見るやうにして、形態の美学的意匠を論じて居た。実には何の価値もない、ただの骸炭《コークス》にすぎないものを、滑稽にも美術と誤まり、「詩」といふ言葉で呼び馴らしてゐた。

詩といふ文学は何処へ行つたか？　或る他の人々は、芸術にさへならない粗野な言葉で、全く美の感性を欠いてるところの、アヂ的政談演説のやうなものを怒鳴《どな》つてゐた。人々はそれを「自由詩」と呼び、をこがましくもプロ派、民衆派、人道派等の名を僭称《せんしよう》した。だがそんなイズムを称し得るほど、芸術する神経はどこにも無かつた。詩は「美しく歌ふ」べきものであつて、暴力団壮士の演説みたいに、粗暴に殺伐に「荒々しく怒鳴る」べきものではない筈《はず》である。

久しい間、日本では「詩」といふ言葉が、かうした非芸術的政談演説を意味して居た。或《あるい》はまた一方で、工業図案的な手芸文学を意味して居た。日本で「詩」といふ文学は、酢豆腐《すどうふ》者流の気障《きざ》なダンヂイズムの遊戯でなければ、院外団壮士の殺伐粗暴な怒号であつた。有明《ありあけ》、白秋以後、日本には真の芸術的精神を持つ詩が現れなかつた。なぜなら有明、白秋以後、日本の詩壇は自然主義に圧迫されて、詩の純な霊魂であるべき筈のリリシズムを、全く喪失してしまつたからである。

抒情詩を復活せよ！　リリシズムを呼び戻せ！　これが今日の日本に於て、文学と詩歌（和歌も俳句も共に含めて）の全文壇に、最も強く叫ばれる所の声である。

雑誌「コギト」の誌上に於て、伊東静雄君の詩を初めて見た時、僕はこの「失はれたリリシズム」を発見し、日本に尚《なお》一人の詩人があることを知り、胸の躍るやうな強い悦《よろこ》びと希望をおぼえた。これこそ、真に「心の歌」を持つてるところの、真の本質的な抒情詩人であつた。

伊東君の詩を初めて見た時、僕は島崎藤村氏の詩を読むやうな思ひがした。僕は著者に手紙を送り、「若き日の藤村の詩を、若き青春の日に読むやうな思ひがした。」と書いた。それほどこの詩人の詩には、青春の水々しいリリシズムが溢《あふ》れて居る。たしかにそれは、昭和の新しい島崎藤村を面影して居る。しかしながらまた再読して、この一九三〇年代の若い詩人が、一八〇〇年代の末期に生れた若い日の藤村氏に比し、いかに甚だしく詩人的風貌を異にするかを知り、再度また別の驚きを新たにした。藤村氏はその詩集に自ら序して、自分の詩は青春の歌であると言ひ、春の若草が萌えるやうに、何の煩ひもなくこだはりもなく、青春の悦びを心任《こころまか》せの自由に歌つたと書いて居る。藤村氏の時代は、実にまたさうした楽しい時代であり、日本の文化の時潮からして、詩が「若草のやうに」萌えあがつた時代であつた。藤村氏一人ではなく、すべての若い人々等が、だれも皆心任せに、自由に胸を張つて「青春の悦び」を声限りに歌ひ続けた時代であつた。つまり言へば藤村氏の詩は、かうした時代の感情と社会相とを、自我に反映した一象徴に外ならないのだ。

所で「わがひとに与ふる哀歌」は、何といふ痛手にみちた歌であらう。伊東君の抒情詩には、もはや青春の悦びは何処にもない。たしかにそこには、藤村氏を思はせるやうな若さとリリシズムが流れて居る。だがその「若さ」は、春の野に萌える草のうららかな若さではなく、地下に固く踏みつけられ、ねぢ曲げられ、岩石の間に芽を吹かうとして、痛手に傷つき歪《ゆが》められた若さである。西洋の史家は、十九世紀象徴派の詩を評して「傷ついた浪漫派《ロマン》」と言ひ、ヹルレーヌを評して「歪んだハイネ」と言つて居る。十八世紀の浪漫派は、丁度《ちようど》「詩」が叫ばれてる時代の土壌で、春の若草のやうに萌え出した詩派であつた。ハイネも、キーツも、バイロンも、すべての浪漫派詩人たちは、容貌からして純情の美少年であつた。然《しか》るに十九世紀末の象徴派は、自然主義の全盛する実証主義の時代に生れ、文化の懐疑思潮がすべてのリリックを殺してしまつた。しかもかうした時代にすら、尚その魂に「心の歌」を持つてるところの、宿命的な詩人群は歌ひ続けた。だが彼等の歌は悲しく傷つき、その容貌は醜く歪み、魂は酒毒に荒され、浪漫派の純情性と美少年とは、再度もはや彼等の歌に帰らなかつた。それはヹルレーヌの容貌と共に、醜く歪められた浪漫派であつたところの、十九世紀末デカダンスの詩人群であつた。

「わがひとに与ふる哀歌」を読み、これを島崎藤村氏の詩と反映する時、丁度この浪漫派の詩人に対する、象徴派の詩人をイメーヂする。それは詩の全く失はれた昭和時代、社会そのものが希望を失ひ、文化そのものが目的性を紛失し、すべての人が懐疑と不安の暗黒世相に生活してゐるところの、まさしく昭和一〇年代の現代日本を表象して居る。しかも宿命的な詩人等は、かうしたリリックのない時代にさへも、尚彼等の魂を歌ひ続けねばならなかつた。そこで彼等の歌は悲しく傷つき、リズムは支離に破滅し、声はしはがれて低く、心は虚無の懐疑に暗く悩み傷ついて居る。

伊東静雄君の詩が、正に全くこの通りである。即《すなわ》ちそのリズムは一行毎《ごと》に破滅して支離に分散し、詩想は暗黒の憂愁に充ち、希望もなく目的もなき、ニヒルの宿命的な長い影が、力のない氷島の極光に向つて、幽霊のやうな郷愁を訴へてる。これはまさしく「傷ついた浪漫派」の詩であり、「歪められた島崎藤村」の歌である。

「わがひとに与ふる哀歌」は、一つの美しい恋歌である。浪漫派や藤村氏の詩やが、本質的に皆美しい恋歌であつたやうに、伊東静雄君の詩の歌ふところも、本質的に皆美しい恋歌である。しかしながらこの「美しさ」は、そのエスプリに残虐な痛手を持つた美しさであり、むしろ冷酷にさへも意地悪く、魂を苛《いじ》めつけられた人のリリックである。ああしかし！　これもまた一つの「美しい恋歌」であらうか？

冷めたい場所で

私が愛し
そのため私につらいひとに
太陽が幸福にする
未知の野の彼方を信ぜしめよ
そして
真白い花を私の憩ひに咲かしめよ
昔のひとの堪へ難く

望郷の歌であゆみすぎた
荒々しい冷めたいこの岩石の
場所にこそ

これは残忍な恋愛歌である。なぜなら彼は、その恋のイメーヂと郷愁とを、氷の彫刻する岩石の中に氷結させ、いつも冷めたい孤独の場所で、死の墓のやうに考へこんで居るからである。

ああ　わがひと
輝くこの日光の中に忍びこんでゐる
音なき空虚を
歴然と見わくる目の発明の
何にならう
如《し》かない　人気《ひとけ》ない山に上り
切に希《ねが》はれた太陽をして
殆《ほとん》ど死した湖の一面を遍照さするのに
（わがひとに与ふる哀歌）

此処《ここ》には一つの太陽がある。だがその太陽は、生物の住む我等の地球を照らす太陽ではない。それは時間の生れない宇宙の劫初《ごうしよ》に、神と二つだけ存在した太陽。地上に一つの生物もなく、海水もなく、岩礁ばかりが固体してゐた劫初の地球。「死」の地球を照らすところの太陽である。そこには認識する主体が一つも居ない。故《ゆえ》にその太陽は「無」を意味する。それは永劫《えいごう》の空虚の中で、生物のない山の頂を照らして居る。「ああ　わがひと！」そこに詩人の美しい恋人は坐つて居るのだ。如かず、むしろ冷めたい大理石の中に、君のそのイメーヂを彫りつけよ。汝の女を真裸にして殺してしまへ。――こんな残忍な恋愛詩がどこにあるか。

自然は限りなく美しく永久に住民は
貧窮してゐた
幾度もいくども烈《はげ》しくくり返し
岩礁にぶつかつた後に
波がちり散りに泡沫《ほうまつ》になつて退きながら
各自ぶつぶつと呟くのを
私は海岸で眺めたことがある
絶えず此所《ここ》で帰郷者たちは

正にその通りであつた　（帰郷者）

僕はかつて、アランといふ活動写真を見たことがある。英国の北方、極地の緯度に近いところに、土地といふものが全くなく、岩礁ばかりの島があるのだ。その島に住んでる住民たちは、食物の野菜を作るために、根気よく岩を割つては、少許《すこし》の土くれを見附け出し、岩礁の上に畑を作るのである。空には凍りついた太陽があり、島はいつも浪の飛沫で蓋《おお》はれて居る。人間の住む世界で、こんなに寂しく荒寥《こうりよう》とした世界は無いのだ。

「わがひとに与ふる哀歌」は、まさしくこのアラン島の哀歌である。この抒情詩の魂は、いつも絶海の孤島の上で、浪の飛沫に濡れながら凍りついてる。地上に青いものは一つもなく、何処を見ても岩礁ばかりだ。そして極地に近い空には、力のない太陽が侘《わび》しく輝やき、岩ばかりの地や洞窟やに、凍りついた人の死骸が、白骨になつて晒《さら》されてるのだ。この風景には「時間」がない。それは永劫の寂寥なのだ。或はもつと詳《くわ》しく言へば、支離滅裂になつた一つの魂、希望のない魂のリリックなのだ。

私は強ひられる

私は強ひられる　この目が見る野や
雲や林間に
昔の恋人を歩ますることを
そして死んだ父よ　空中の何所《どこ》で
噴き上げられる泉の水は
区別された一滴になるのか
私と一緒に眺めよ
孤高な思索を私に伝へた人！
草食獣がするかの楽しさうな食事を

この詩人とニイチェとに、何の思想的関係があるか僕は知らない。だが不思議なことに伊東君の詩はニイチェとよく相似した気質的一致がある。ニイチェ——抒情詩人としてのニイチェ——は、いつも岩礁ばかりのある、絶海の孤島を歩き廻り、草食獣のやうに青草を探して居た。彼は常に漂泊者であり、樹上の鳥と寂しい哀歌を交して居た。ニイチェの場合で言へば、恋愛はいつも死と墓との形式で歌はれて居た。「わが心の愛人よ！　いとしきものよ！」とニイチェは先《ま》づ最初に歌ふ。それから次の行に移つて、彼の「いとしきもの」を痛く辛辣《しんらつ》にやつつける。ニイチェの詩では、少女のやうな純情の愛と、毒舌家のやうな憎しみとが、不思議の心表交錯でイメーヂされてるやうに思はれる。そしてこれに似た或る思想と心象とが、しばしばまた伊東君の詩に現はれて居る。おそらくその類似は、文学上の類縁でなくして、もつと深い気質的原因に存するのだらう。

浪漫派の詩人たちは、たいてい十六歳で詩を作り、二十歳にもならない中に大家になつた。それよりもつと後の時代、即ち象徴派の詩人たちは、たいてい三十歳で詩を作り、四十歳に近くして大家になつた。そしてまた最近では、ヴァレリイ等が五十歳を越してから名声を成した。時代と共に、詩人の出発が益《ます》〻《ます》おくれ、詩人の年齢が益〻遅く老いて来る。何故《なぜ》だらうか？　地球が一年毎に冷却し、文化がプロゼックに老いて来るからである。昔は十七歳で詩が作れた。なぜならすべての社会事情が、さうした純情の若々しい芽を、自由に水々しく、大地に発育させたからである。だが今日では、リリシズムの芽が固い土壌で圧迫されてる。今日それを突き破り、現実の地上に芽を出す迄《まで》には、地下に於いての充分な潜在力と、現実をはね返す強い意志とを持たねばならぬ。今日の社会では、もはや十六歳の少年には詩が作られない。ハイネやキーツやの美少年は、今日の時代の詩人として、生育しがたく薄弱のものになつてしまつた。今日の詩人は、すくなくとも三十歳を越さねばならぬ。そして三十歳を越すといふことは、現実の世相に処して、人生の苦汁を経験してゐるといふことである。

それ故《ゆえ》に今日では、詩が純なナイーブの姿を失ひ、現実的惨苦にふれて歪められた変貌の姿をしてゐる。十八世紀末の浪漫派こそは、実に抒情詩の純粋なエスプリだつた。しかし今日以後の社会に、もはや昔の浪漫派は有り得ない。今日以後に有り得べき詩は、リリシズムの純一精神を心に持して、あらゆる現実的世相の地下から、石を破りぬいて出る強い変貌の歪力《わいりよく》詩である。即ち正に有るべきところの善《よ》き抒情詩は、伊東静雄君等によつて表象されてゐるところの、この種の「傷ついた浪漫派」の正統である。

（『コギト』一九三六年一月号）

中原中也について
「倦怠」について

「倦怠」について——中原中也君の詩は、前に寄贈された詩集で拝見して居《い》た。その詩集の中では、巻尾の方に収められた感想詩体のものが、僕にとつて最も興味深く感じられた。或る種の詩人にとつては、意識上の詩的技巧や芸術意匠を自ら捨て、楽々とした気持ちでフリーに書いた時の方が、却《かえ》つて佳《よ》い効果を生むことがある。中原君の場合の如きも、あまり凝り性でなく、少し気楽に書きとばしたと思はれる詩の方が、概《がい》して皆僕には面白かつた。しかし今度の「倦怠」はこれとちがひ、相当技巧的にも凝《こ》つた作品だが、前の詩集（山羊の歌）とは大に変つて、非常に緊張した表現であり、この詩人の所有する本質性がよく現れて居る。特に第三聯《れん》の「人はただ寝転ぶより仕方もないのだ。同時に、果されずに過ぎる義務の数々を、悔いながらかぞへなければならないのだ。」の三行がよく抒情的な美しい効果をあげてる。「山羊の歌」の中原君に対して、少しく微温的な不満を感じて居た僕であるが、今度の「倦怠」には讃辞を呈《てい》する。おそらくこれが、この詩人の本然してゐる道なのだらう。

（『四季』第十号一九三五年夏季号（八月二十五日発行）「詩壇時感」中「四季の詩について」より）

現代詩壇総覧〔一九三六年〕より

中原中也は「文学界」が生んだ唯一の新進詩人である。彼の詩は一見トボケたやうな所があり、どこか童話的で飄逸《ひょういつ》としてるやうであつて、しかもその精神に鋭どいイロニイの批判と反抗を隠してゐる。中原もまた、この時代のデカダンスやニヒリズムを代表する新人である。

（『文学界』一九三七年一月号）

詩壇の新人　より

中原中也　雑誌「文学界」の同人中で、ただ一人の詩人であり、またその仲間に押されて文壇に出たことで、かつての「白樺」に於ける千家元麿とよく似て居《い》る。しかし中原中也は千家元麿のやうに単純一途な詩人ではない。彼はずつと近代人で、時代の懐疑思潮や虚無思想の洗礼を受け、理智の批判力を多分に持つてる。しかしまた彼の中には、どこか「坊ちゃん」らしいあどけなさがあり、この点でだけは千家と似て居る。そしてこのあどけなさが、彼の詩に童話風なメルヘンやフアンタジイを与へ、特殊な魅力と風貌とを具備させるのである。しかも千家の場合——これは全く無邪気な、裏も表もない純情一途のあどけなさだが——とちがつて、裏に弁証論的な諷刺やイロニイを隠してゐる。「懐中に短刀を入れてる子供の図」を、この詩人の風貌から感ずるのは、決して僕一人ではないであらう。

（『文芸通信』一九三七年二月号）

中原中也君の印象

中原君の詩はよく読んだが、個人としては極めて浅い知合《しりあい》だつた。前後を通じて僅《わず》か三回しか逢《あ》つて居《い》ない。それも公会の席のことで、打ちとけて話したことはなかつた。ただ最後に「四季」の会で逢つた時だけは、いくらか落付いて話をした。その時中原君は、強度の神経衰弱で弱つてることを告白し、不断に強迫観念で苦しんでることを訴へた。話を聞くと僕も同じやうな病症なので、大に同情して慰め合つたが、それが中原君の印象に残つたらしく、最近白水社から出した僕の本の批評に、僕の人物を評して「文学的苦労人」と書いてる。その意味は、理解が広くて対手《あいて》の気持ちがよく解る人（苦労人）といふのである。僕のちよつとした言葉が、そんなに印象に残つたことを考へると、中原君の生活はよほど孤独のものであつたらしい。大体の文学者といふものは、殆《ほと》んど皆一種の精神病者であり、その為《ため》に絶えず悩んでゐるやうなものであるが、特に中原君の如き変質傾向の強い人で、同じ仲間の友人がなく、その苦痛を語り合ふ対手が居なかつたとしたら、生活は耐へがたいものだつたにちがひない。前の同じ文中で、中原君は僕のことを淫酒家と言つてるが、この言はむしろ中原君自身の方に適合する。つまり彼のアインザアムが、彼をドリンケンに惑溺させ、酔つて他人に食ひついたり、不平のクダを巻かさせたのだ。この酒癖の悪さには、大分《だいぶ》友人たちも参つたらしいが、彼をさうした孤独の境遇においたことに、周囲の責任がないでもない。つまり中原君の場合は、強迫観念や被害妄想の苦痛を忘れようとして酒を飲み、却《かえ》つて一層病症を悪くしたのだ。所でこの種の病気とは、互にその同じ仲間同士で、苦悩を語り合ふことによつて慰《い》せられるのだ。酒なんか飲んだところで仕方がないのだ。

中原の最近出したラムボオ訳詩集はよい出来だつた。ラムボオと中原君とは、その純情で虚無的な点や、我がままで人と交際できない点や、アナアキイで不良少年じみてる点や、特に変質者的な点で相似してゐる。ただちがふところは、ラムボオが透徹した知性人であつたに反し、中原君がむしろ殉情《じゆんじよう》的な情緒人であつたといふ一事である。このセンチメントの純潔さが、彼の詩に於ける、最も尊いエスプリだつた。

（『文学界』一九三七年十二月号）

詩壇の現状　より

最近最も個人的に特色のあつた作家は、先年物故した中原中也氏であつた。しかし自分は、此《こ》所《こ》で彼の詩人価値を論ずるのではない。一つの注目すべき現象として、この詩人の作品を特色づけてゐるところの、多くの俚謡《りよう》調、民謡調、童謡調の新しい取り入れ方を視て居《い》るのである。極端の変質者であり、詩想上にデカダンのニヒリストであつたこの人の詩は、さうした特殊の詩語による表現から、日本の昔のニヒリスト一茶《いつさ》等の俳句と、本質に於て一脈の通ずるものを感じさせた。そしてその中原氏の詩は、今の若い青年男女学生の間に、意外に多数の愛読者を持つてゐるのである。そればかりでなく、最近の詩壇に於て、かうした中原式の俚謡調、俗謡調を取り入れた詩が、一つの新しい流行とさへなつてる観がある。

（『蠟人形』一九三八年十一月号）

詩壇の新人　より

立原道造について

立原道造　津村信夫と共に、雑誌「四季」が生んだ最近の新人であり、その詩想の水々しい若さに於て、青春の魂に充ちてることに於て、まことに文字通りの「新人」といふ感じがする。独逸《ドイツ》浪漫《ロマン》派の文化運動は、青春の日の悦《よろこ》びと恋愛の甘い楽しさとを、純情の嘆きで歌つた美しい抒情詩から出発した。今日現代の日本には、もはやかうした恋もリリシズムも失はれ、全く青春の日が抹殺されてる。ここに一人立つて、かかる時代に抗争しつつ雄々しくも「青春の歌」を歌ふ詩人が現はれたことは、その現象としての事実だけでも、僕等の胸ををののかし、未来への希望を暗示する悦びである。立原の詩はまだ青白く、未熟の饒舌につきまとはれる。しかもその詩精神には、ゲーテの初期の詩と通ずる如き、抒情詩の最も純真の核がある。東西古今を通じ、すべての偉大な文学、深酷な大芸術の出発が、かかる「純真な抒情詩の核」を、その本質に持つた文学者からのみ生んでることを考へる時、この若い詩人の未来に対して、一縷《いちる》の高い期待をかけずには居《い》られない。

（『文芸通信』一九三七年二月号）

音楽の聴える小説
立原道造「鮎の歌」

立原道造君の鮎の歌（文芸七月号）は近頃珍しい変り種の文学だつた。これを変り種と言ふのは、小説でもなく、詩でもなく、随筆でもなく、エッセイでもない、一種の新しい型の文学だからだ。しかし文学の本質的なエスプリから言へば、「物語《ロマン》を主題にもつてる抒情詩」である。

立原道造君は、今の日本の詩壇に於ける、殆《ほとん》ど唯一の若きヱルテル的存在である。今日のやうな悪しき時代に、かかる水々しい若さの魂と、その純粋なリリシズムとを、鶯《うぐいす》のやうに声高に歌ふ詩人を見ることは、むしろ僕等にとつての憎々しい羨望でさへある。彼の近刊詩集「萱草《わすれぐさ》に寄す」は、その詩情の水々しさと美しさとに於て、初期の藤村詩を偲《しの》ばせるものがあり、まことにこの国抒情詩の純雅を尽したものであつたが、今度の「鮎の歌」のロマンもまた、その同じリリシズムを展開して、散文的に構想化したものに外ならない。

立原君の詩文をよんで、何よりも先に感ずるものは音楽である。「萱草に寄す」の詩は、全篇悉《ことごと》く音楽の匂ひを幻影させるものであるが、「鮎の歌」をよんで感ずることも、やはり同じ一の音楽であり、読み終つて一曲の演奏を聴いた思ひがした。しかもその音楽は、高原の落葉松《からまつ》の上に、しとしとと降る小雨の音に聴き入るやうな、静かに侘《わび》しいノスタルヂア、悲しいオルゴールの音のやうに幽《かす》かに聴えてくる音楽である。

（『帝国大学新聞』一九三七年六月十四日）

立原道造全集第一巻

抒情性と韻律性とは、純正詩が本質的に要素すべき二つの必然の条件である。然《しか》るに大正中期以来、日本の詩人はこの二つの大切のものを忘れて居《い》た。といふよりも、むしろそれを排撃したことによつて、詩を全く本質上の散文化してしまつた。

さうした詩の空白時代が、すくなくとも十年間続いた後で、三好達治や丸山薫が現はれ、純正詩の新しきレバイブル時代が来た。若き詩人立原道造は、此等《これら》の人々の後継をつぎ、しかもその最も純潔な血を高調した人であつた。

立原道造の詩は、文字通りに「若き日の歌」であり、しかも純潔にして穢《けが》れなき若き日の歌である。昔、明治の時、新興日本の青春時代に於ては、島崎藤村を始めとし、すべての詩人等が「若き日の歌」を歌つた。

だがそれから長い間日本の詩人は青春を蝕ばまれた。長い時の間、それを歌つた詩人は一人もなかつた。そして今、立原道造が初めてその若き日の歌を呼びもどした。

立原の詩は、極めてリリカルな音楽性に富んで居ながら、しかもまた極めて数学的、建築的の知性によつて構成されてる。

それは彼が帝大出の理学士であり、建築技師であつたことにもよると思ふ。彼が若くして世を去つたことも、却《かえ》つてその詩を一層美しく純潔にして居るのである。

（『東京朝日新聞』一九四一年五月十八日）

西脇順三郎について

西脇順三郎氏の詩論

感覚脱落症といふ病気がある。身体の他の部分では、普通の感覚を持って居《い》ながら、皮膚の或る一点だけ、全く感覚を持たないのである。所で西脇順三郎氏が、丁度《ちようど》この感覚脱落者である。詩論家としての西脇氏は、稀《まれ》に見る聡明者であり、ポオに似た犀利《さいり》の頭脳を所有してゐる。それで居て詩の本質に関する或る一点では、全く不思議なほど解らない――といふよりも無感覚――なのである。この意味で西脇といふ人は、極めて神秘的な存在である。

前に自分は、西脇氏の詩論集「純粋な鶯《うぐいす》」を批評し、近頃最も内容に富んだ詩論であると賞頌《しようしよう》したが、同時にまたそれがヂレッタントの詩論であることを指摘した。此処《ここ》でその理由をさらに詳説しよう。西脇氏は詩の本質を説明して、幕に映つた幻燈の絵にたとへた。幕と燈火との焦点距離で、ピントがよく合つた時は散文であり、それが合はない時のぼけた映画は、即《すなわ》ち詩だといふのである。（この論文は古く読んだので、記憶にまちがひが有るかも知れない。）また詩とは何ぞやといふ疑問に答へて、999999まで解つてゐて、残りの1がどうしても解らない不思議な無尽数だといふ。そしてもつと面白いのは、百合《ゆり》や菫《すみれ》やの花を愛し、自然の美を好む人が詩人なのではなく、さうした言葉の中に、美のイメーヂを感ずる人が詩人だと言ふ。つまり言へば、ボードレエルは動物の猫を愛したのでなく、猫と言ふ言葉のイメーヂを愛したのである。反対に「花が好きだわ」と言ふ女学生は、決して必ずしも花を歌ふ詩人でないのだ。

西脇氏のかうした詩論は、すべて私にポオの思想を聯想《れんそう》させる。ポオといふ不思議な詩人は、いつも人生をかうした弁証論で解釈して居た。そこでポオに深く感嘆してゐる私は、西脇氏のかうした詩論にまた感嘆する。だが或る最も本質的な一つの点で、私はポオを理解し得るやうには、西脇氏を理解し得ない。と言ふのは、ポオの場合には、それがすべて逆説であり、弁証論的な秘密な意味を、思想の奥に隠して居るのに、西脇氏の詩論の場合は、その弁証論的反語の意味が、よく解らないからである。勿論《もちろん》上述のやうな西脇氏説は、形態上での詩論として、正当にまちがひない説であるが、西脇氏の場合は、これがしばしば詩の文学的本質、即ち詩的表現の動機として居るポエヂイ論の本質にまで及んで来るので、私にとつて理解され得ない――と言ふよりも承諾され得ない――ソフィスト流の奇説になつて来るのである。

西脇氏によれば、詩とは観念聯合《れんごう》の順位数的常識に反対して、精神錯乱的の飛躍をすることである。つまり成るべく類想のない二つの言葉を、命題の主辞と賓辞《ひんじ》に置いた文章が詩なのである。

そこで「純粋」の次に「理性」を表象したものは散文であり、「純粋」の対語に「鶩」を表象したものが詩だといふことになる。

この西脇説は、詩の方法論的形態論として確かに正しい。正しいといふよりも常識であり、何《なん》人《びと》も反対する理由を知らない。詩の精神が「非日常的な飛躍」であり、22ガ4的常識への叛逆と破壊であることは、私自身でさへが常に所説してゐることであり、西脇氏と私とは、この点で全く完全に一致して居る。しかしながら西脇氏は、かうした「常識への叛逆」や、「非日常性への飛躍」やが、詩人にとつて何故《なにゆえ》に欲情されるかといふことの意志の本質問題について知らないのである。もつと詳《くわ》しく説明すれば、人生に於て、詩が欲求されることの必然性と、詩を歌はねばならない生活の悲哀や苦悶（それがポエヂイの本質である）を知らないのである。なぜなら西脇氏は、詩的精神の本質を以《もつ》て、上述の如き形態の中に尽きるとし、すべてのリリシズムを排斥して、詩を一種の「純粋修辞学」と見るからである。

ポオと西脇氏は、この点に於て大いに違つてゐる。ポオは一方に於て、詩を科学的数理で解釈しながら、一方で「リヂア」のやうな小説を書き、且《か》つ主張して、真の詩的精神はリリシズムの外にないと言つてゐる。（ポオの抒情詩は、たいてい皆リヂア的の神秘恋愛詩である。）ポオの場合には反語がある。だが西脇氏の場合には反語がないのだ。西脇氏は私の詩を批評して、「青猫」や「月に吠える」などのやうに、22ガ5的な奇抜の飛躍表象があるから面白いので、それが私の詩の価値の一切であると言つた。その意味は、詩からその歌はうとする心の欲求、即ち生活感情を一切抹殺してしまつて、単にレトリックとしての形態だけを、興味の対象として見て居るのである。

それ故《ゆえ》に西脇氏にとつて、詩の文学価値は全く興味（知性の鑑賞）にしか過ぎないのである。然《しか》るに私等の詩人にとつて、詩の深く魂を魅力する所以《ゆえん》の価値は、心緒《しんしょ》の琴線にそれが触れて、センチメントやエクスタシイやの感情そのものを動かす所にある。私等にとつて、詩の面白さは決して単なる「興味」ではない。すくなくとも私等は、科学の珍らしい実験を見たり、不思議な見世物や軽業やを見たりするやうな面白さ、即ち「興味」で詩を読むのではない。況《いわ》んやまた、そんな知性的なレトリックを楽しむ為《ため》に、詩を遊戯的に書いてゐるのではない。

詩と散文との区別を、幻燈の映画に譬《たと》へる西脇氏は、その形態上の別を以て、直ちにポエヂイの本質と断定する。しかしながら人生における詩精神は、単にさうした形態論で、簡単に定義づけられるものではない。花や自然を愛する人が、決して必ずしも詩人でなく、さうした語のイメーヂを愛する人が、本当の詩人であるといふ氏の説は、ポエムを形態上の表現で見る限り正当である。しかし花といふ語のイメーヂを愛する人は、花といふ言葉の表象に、詩人の人生に於て主観してゐるところの、心の或る情感を寄せてるのである。主観の生活情操と関係なくして、単に言葉や文学の面白さから、子供が美しい切抜細工をするやうにして、クロスワード的に言語を玩《がん》弄《ろう》して楽しむやうな人であつたら、私等の意味に於て、決して本当の詩人ではない。それは「言葉の遊戯者」であり、心に真のポエヂイを持たないところの、遊びのための技芸家、即ち所謂《いわゆる》ヂレッタントなのである。そして西脇氏の詩論が、正にその「ヂレッタントの詩論」である。

前に自分は、西脇氏を感覚脱落者にたとへた。身体の他のすべての部分は、敏感すぎるほどに敏感であり、聡明すぎるほどに聡明なのだが、ただ或る一つの部分だけが、全く無感覚に脱落して居るのだ。そしてこの脱落した部分が、即ち氏の場合に於ける「生活」なのである。つまり西脇氏は、生活を持たないところの詩人なのだ。そこでこの詩人には、文学の形態やレトリックに関する限り、何でもよく犀利に解るのだが、一度文学の内容問題、即ち文学する精神の本質に触れてくると、まるで理解がないといふ以上に、無神経な感覚脱落者になるのである。そこで氏の文学論には、モラルもなく、人生もなく、意志もなく、ヒューマニチイもなく、すべての文学する精神を虚脱された形態ばかりが、解剖台の上の死体のやうに提出されてゐる。しかも美学者である西脇氏は、その「物質」に過ぎない死体を、さも生命あるもののやうに取扱ひ、死化粧した女のやうに美しく眺めてゐるのだ。これは美学のメスを手にするところの、不思議なアブノーマルな外科医である。

だが果して、こんな人間が実在するだらうか？　胃袋も、肝臓も、意志も、情緒も、魂もなくつて、知性の頭脳ばかりで生きてる人間、しかもそれで詩を論じ詩を作つてゐる人間、そんな不思議な表象は、アブノーマルである以上に、影のない人間の写真みたいだ。ポオル・ヴァレリイは、テスト氏といふ架空人物に自己を託して、透明硝子《ガラス》人間のやうな人を描いてる。それは何事にも感動を持ち得ないほど、知性の冷徹した聡明非情の人物である。所で一体、詩人ヴァレリイ氏の「夢」はどこにあるのだ。彼の場合で言へば、彼の夢とポエヂイとは、幾枚も幾枚も重ね合はした厚い硝子――硝子はいくら厚く重ねても透明である――を通して、奇妙に複雑に曲折する光線のスペクトラムと、その美しく数理的な夢のイマヂネーションに存するのだ。ヴァレリイの主知的詩学は、いかにも仏蘭西《フランス》人的であり、そして仏蘭西人でなければ、到底《とうてい》理解することの出来ない詩美である。

西脇氏の詩論は、思ふにこのヴァレリイを祖述して居る。氏はおそらく、自分を硝子人間のテスト氏に表象し、影のない人間の夢を考へて居るのだらう。仏蘭西人といふ人間は、元来皆テスト氏のやうな人間である。彼等は民族性の本質からして、硝子のやうな冷徹な叡智《えいち》と、数理的美学に準じたサンチマンの趣味を持つてゐる。ヴァレリイのテスト氏は、現代仏蘭西人のデカダンな表象である。だが現代の日本に、そんな仏蘭西人が居るだらうか？　そもそもこの文化発生期の猥雑文学と新体詩的稚態《ちたい》の出発期にある日本の詩壇に、二十世紀の仏蘭西文化を表象するやうなテスト氏が、夢の破片の中にだつて有り得るだらうか。況んやヴァレリイ的主知主義の詩論など、日本では理解されない以上に不思議であり、夢を論ずる以上にナンセンスである。

此処に於てか西脇氏の詩論は、自己の生活する現実環境と関係なく、単にその外国語学的イメージの観念上で、超自然の真空圏内に揚《あが》つてしまふ。即ち言へば、それは時間空間にも関係なく、因果の法則とも絶縁して、単に論者自身だけの頭脳――骨によつて囲まれた一つの物理的スペース――によつて構成された、一の非実在的な自己イリュージョンに過ぎないのである。しかもこの自己錯覚的なイリュージョンで、現代日本の詩を論じ、実に存在しない虚像の物で、実に現実してゐる世界を観念づけようとするところに、西脇詩論のあらゆる夢魔と荒唐無稽さが生み出される。そしてこの西脇詩論の荒唐無稽さは、かつて自らシュル・レアリズムと称したところの、日本の所謂主知主義詩論とその一派の詩人たちとの、全系統に関して指摘される。彼等の所謂「超現実派」は、彼等の詩論が時空と因果を超越して、自己の現実環境から遊離した非実在的なものであり、錯覚的自己イリュージョンであつたと言ふ意味に於て、正しく皮肉にも「超現実派」なのであつた。

すべての文学は、自己の生活環境の反映であり、現実の生活情操を離れて文学は存在し得ない。そして環境を作るものは、言ふ迄《まで》もなくその社会文化情操である。今日現代の日本に於て、仏蘭西詩壇のイデアやヴィジョンを再現しようと試みるのは、馬車に乗つて天空旅行を思ふより馬鹿げて居る。もしその種の観念が有り得るとすれば、それは外国語学的イメーヂの真空圏で、「頭脳」の内部にのみ有り得るところの、実在性なき架空な観念にすぎないのである。しかもその「架空」

を以て「現実」を論ずる時、此処に西脇氏的ヂレッタントの詩論が発生する。

実に日本の詩壇は、過去に長くこのヂレッタントの詩論を繰返して来た。単に西脇氏ばかりではない。かつての所謂「象徴派」も、所謂「浪漫《ロマン》派」も、所謂「立体派」「未来派」「表現派」も、それから尚《なお》「民衆派」や「人道派」でさへ、すべて西洋詩壇の流行を追つた直訳であり、日本の文化に実在しない架空のものを、語学的観念に於て幻影した幽霊だつた。そしてそれ故に、日本の「詩」と称する文学は、過去に於て皆ヂレッタントとダンヂイズムの文学だつた。それは民衆の生活とも関係なく、文化の現実とも交渉なく、単に詩人自身の頭脳内でのみ構想されて居たところの、空中浮遊の風船玉文学だつた。過去の日本に於て、真に文化的現実性を持つた本物の詩は、子規や鉄幹によつて新しく改革されたところの、歌と俳句の伝統詩にすぎなかつた。

しかしながらこの傾向は、最近西脇氏とその一派（詩・現実一派。シュル・レアリスト一派を指すのである。）に至つて、最悪の極端まで指導された。日本の詩と詩壇とは、最近に至つてヂレッタンチズムのあらゆる病癖を暴露した。そしてこの悪しき潮流への指導者が、実に西脇順三郎氏であつたのである。私が西脇氏に対して、人物としての深い興味と尊敬とを持つてゐながら、氏の詩論を反撃弾劾《だんがい》せねばならない理由が、全く実にこの一事に存して居る。私が西脇氏を尊敬するのは、頭脳のポオ的飛躍とヴァレリイ的冷徹とを認めるからだ。実際すくなくとも日本の詩壇で、過去に氏ほどの理性的聡明さを持つた詩人は一人も無かつた。日本の詩壇に思想らしい思想が生れ、詩論らしい詩論が生れたのは、全く実に西脇氏以後であり、それ以前は春山行夫君の所謂「無詩学暗黒時代」があつたのみである。

私が西脇氏に興味をもつのは、氏が自らヴァレリイの硝子人間を以つて自恃《じじ》して居《お》り、地上に映つてる自分の影を、自分で殺戮《さつりく》しようとすることの、一つの痛ましく悲壮な人格分離の復讐戦を、自己の宿命の中で戦ひ傷ついて居るからである。私はあへて断定して、西脇氏を一人の宿命的ニヒリストだと言ひ、悲惨な血まみれた戦士だと言ふ。そしてこの事実は、何よりもよく氏の作品（詩）に実証されて居るのである。詩人の精神分析学は、彼の希臘《ギリシア》詩篇が何を語り、何を烈《はげ》しく悩み訴へてゐるかを、地獄の照魔鏡《しようまきよう》に照して表出する。詩人としての西脇氏は、およそ如何《いか》なるヂレッタントにも属してゐないし、透明人間のテスト氏にも似合つてゐない。却《かえ》つて傷ついた魂を内に悩んで、悲しみを自ら忘却しようとして居るのだ。そしてその故に、希臘の明朗な空にあこがれ、情緒や意志の悩みを逃れて、モラルや生活やの無い虚空の世界、即ち氷のやうに冷徹した知性の真空圏に住みたいのである。

されればこそ西脇氏は、一つの「逆説的人物」である。単に人物ばかりではない。その思想と詩論とが、すべて一貫して皆逆説なのだ。しかも氏の悲劇は、その自ら逆説家である事実を、自ら悪《にく》み隠して居るといふ宿命にある。氏はその著書「純粋な鷺」の中で自ら言つてる。すべてこの書に書いてる詩論は、学校で講義することとちがつて居る。生徒に学校で教へる時は、普通の常識通りに解説し、この書とはちがつた思想で、普通の通りに詩を説いてると。(大意)。即ち知るべし。氏は自らその詩論が奇説であり、普遍的一般性の物でないといふことを、自ら心に自認して居るのである。所で真理は、それ自ら普遍的一般性の物でなければならない。特殊的、独断的の思想は真理でなく、初めから正論たり得る可能がない。故に西脇氏の場合は、自らそれが普遍的の正論でないといふこと、真理で無いといふことを自覚して知つて居ながら、故意に奇説を唱へることの興味によつて、詩論のための詩論を弄《ろう》してゐるのである。昔ギリシァのソフィスト等は、世人を驚かすことの衒学《げんがく》興味と、ロヂックの駒を用ゐて将棋することの面白さとで、自ら心に信じないやうな奇説を唱へた。そこで彼等は「詭弁《きべん》論者」と命名された。詭弁論者は逆説家でない。逆説家とは、自ら心に信ずることを、弁証論的反語によつて言ふ人を云ふ。詭弁家はこれに反し、自ら信仰さへもしないことを、単に奇説のために奇説する人を言ふのである。そこで西脇氏の場合は、まさしく詭弁論者に属してゐる。前に私は、氏の詩論を「ヂレッタントの詩論」と呼んだが、此処に於てまた「ソフィストの詩論」と命名する。ソフィストの詩論は、ソクラテス的正義の詩論によつて、当然反撃されねばならないのである。

私は西脇氏を親愛する。だが私の良心と純正詩論は、断じて氏のソフィスト的詩論を許容できない。なぜなら我等の日本詩壇は、かうした無良心のソフィスト的奇説によつて壊乱され、現に尚今日に及ぶまでも、正論が詭弁に圧され、ギリシァ末期の世相のやうに、詩壇的不義がはびこつてゐるからである。

（第二次『椎の木』一九三六年二月号）

Ⅲ　自作詩・詩集について

『月に吠える』について

所感断片

掏摸《スリ》といふ人種は何時《いつ》でも霊性を帯びて居《い》る。彼は鋼鉄製の光る指をもつて居る、彼の眼はラヂウムのやうに人の心臓を透視する、その手は金属に対して磁石の作用をする。

彼の犯罪は明らかに霊智の閃光であつて、同時に繊微なる感触のトレモロである。

掏摸の犯罪行為の如きは明らかに至上芸術の範囲に属すべき者である。

地上に於て最も貴族的なる職業は探偵である。彼の武器は鋭利なる観察と推理と直覚と磨かれたるピストルである。

彼の職業は常に最も緊張され——時としては生命がけである——然《しか》も未知数の問題に対して冥想的である。犯罪が秘密性を帯びて来れば来る程《ほど》彼の冥想は芸術的となり、犯罪が危険性を所有すればする程彼のピストルは光つて来る。探偵それ自身が光輝体《こうきたい》となつて来る。

探偵及び兇賊を主人公とした活動写真が他の如何《いか》なる演芸にも優つて我々の感興を牽《ひ》く所以《ゆえん》が此処《ここ》にある。『T組』の兇賊チグリス及び美人探偵プロテヤ（浅草電気館）の一代記は詩人室生犀星をして狂気する迄《まで》に感激せしめた。

如何なる犯罪でも犯罪はそれ自身に於て既に霊性を有して居る。何となれば兇行を果せるものは其の刹那に於て最も勇敢なる個人主義者となり感傷主義者となり得るからだ。のみならず彼は直接真理と面接することが出来る、人類の偽善と虚飾と仮面を真向《まつこう》から引ぱがすことが出来る。

『人間にパンを与へろ、それから芸術を与へろ』孔子の言つたことは一般に真理だ。けれどもパンをあたへられないでも芸術を所有する人がある。その人が真個《ほんと》の芸術家だ。

最初にパンを獲《え》るために労働する人がある、一般の芸術愛好家《ヂレツタント》である。最初にパンを獲るために乞食をする人がある、生れたる詩人である。

芸術家とは人生の料理人である。料理人とは『如何にしてパンを獲得すべきや』といふ問題の解答者ではない。料理人とは『如何にしてパンより多くの滋養分と美味とを摂取すべきや』といふ質問の答案者である。

汝の生活の心持を灼熱《しやくねつ》しろ。センチメンタリズムを以《もつ》て汝の生活を白熱しろ。

汝のセンチメンタルを尊べ、人生に於ける総《すべ》ての光と美とは汝の感傷によつてのみ体得《たいとく》することが出来る。此処《ここ》に新らしい生活がある。祈禱《きとう》と奇蹟と真理のための生活がある。キリストの生活がある。ベルレーヌの生活がある。小説サアニンの生活がある。光りかがやく感傷生活がある。

最も光ある芸術とは最も深甚《しんじん》に人を感動せしむる芸術を意味する。最も人を感動せしむる者は言ふ迄もなく光と熱である。而《しか》して光と熱の核は感傷である。

我々は第一に日本の自然主義が教へた蛆虫《うじむし》の生活を超越せねばならぬ、じ、め、じ、めとした賤民《せんみん》の芸術を踏みにじらねばならぬ。

至上の感傷は人情を無視する、寧《むし》ろ虐殺する。我に順《したが》ふものは妻と子と父母とを捨てねばならぬとキリストは訓《おし》へた。感傷門《かんしようもん》に至らんとする者は最初に新派悲劇と人情本から超越しなければならぬ。

狂気も一種の感傷生活である。情熱と祈禱と光に充ちた生活である。然も狂人の生活が如何ばかり光栄に輝ける者だといふことを狂人以外の人は全く知らない。

（『上毛新聞』一九一五年一月一日）

風俗壊乱の詩とは何ぞ

上

私の詩集「月に吠える」は二十一日になつて突然発売禁止の内達を受けた。その理由は集中のある一、二の詩篇に風俗を壊乱するものがあるといふのださうだ。

当時、私は鎌倉に居《い》たので東京の前田夕暮君から電話でこの急報に接した時は全《まる》で意外の感にうたれて夢のやうな気がした。何故《なぜ》かといふに私は自分の詩集が風俗壊乱で罰されるといふやうなことは、夢の中でさへも想像しなかつたことだからだ。

私の知つて居る限り、これまで詩集で発売禁止になつた者は一つもない。併《しか》し雑誌に発表された単独の詩篇としては曽《かつ》て室生犀星君の「急行列車」その他二、三篇の詩が当時つづけざまに風俗壊乱で禁止されたことを覚えて居る。

その禁止された室生君の詩といふものは、内容から言ふとやや色情的傾向を生じて居たものであつたが、特に警察からにらまれたのは詩中に使つた一種の言葉が怪《け》しからんといふ理由であつた。勿論《もちろん》、此等《これら》の詩篇は極めて崇高な祈禱《きとう》的気分で書かれたものであるから、読者に宗教的の美感をあたへることはあつても決して卑猥な実感をあたへる筈《はず》はなかつたのである。けれども日本の賢明な検察官に向つてかうした芸術上の意見を話すことが無益であるのは私もよく知つて居たので、当時我々はそのことについては何も言はずに居た。

所が今度の禁止に就いては、我々の常識ではどう考へても腑《ふ》に落ちないことである。私の詩集中で異性に関する一種の憧憬《どうけい》を歌つたものが数篇あるが、何《いず》れも優雅な情緒を取り扱つたものであつて、室生君の「急行列車」のやうな本能主義的傾向を帯びた過激な詩とは全然立場を異にした優しいおだやかの詩篇ばかりである。どんな頑迷などんな非常識な人から見ても、それらは決して風俗壊乱といふやうな恐ろしい非難をうくるに相当する程《ほど》の作ではない。

下

禁止されたものは「愛憐」及び「恋を恋する人」の二篇であつて、共に性欲に関する一種の憧憬及びその美感を歌つた者ではあるが、その取材といひ内容といひ極めて典雅な耽美的の抒情詩であつて、どこに一つの不思議もないものである。若《も》しかやうな詩篇が風俗を壊乱するといふのなら、古来のあらゆる抒情詩の中でいやしくも恋愛に関するものは悉《ことごと》く禁止されなければならない筈である。思ふにこの標準で行くと聖書の「雅歌」や日本の「万葉集」などは最も風俗壊乱の甚だしい詩歌にちがひない。何故彼等は聖書の発売禁止を命じないか。

私はこの余りに馬鹿馬鹿しい憤激と反感とを表現するのに一種の皮肉な微笑を感ぜずには居られない。かうした感情を読者諸君に告白するために最も適当な仕事は、その禁止されたる……所謂《いわゆる》淫猥なる色情詩なるものを茲《ここ》に掲載して社会の眼で見てもらふことである。併し残念ながらその仕事は出来ないことである。その詩篇は永久に活字で印刷にすることを禁ぜられた。

けれども若し諸君の中のあるものが万一にもその詩篇の一篇を読むことができたとしたならば、読者はどんなに奇異な思《おもい》をすることであらう。さうして私の抱いて居るこの一種の異様な憤激を了解されることであらう。併し幸《さいわい》にも「月に吠える」は当時まだ市中の書店に配本されて居なかつたため警保局の特別なる好意（詩集であるが故《ゆえ》に）に由《よ》つて全部の没収を免かれた。それで集中からその注意された淫猥な詩篇一、二篇を削除して再び改版の上世に出ることになつた。

ああ、風俗壊乱の詩とは何ぞ。この問題は私にとつて思議することの出来ない神秘である。今はただ改版になつた自分の詩集が、たいへんお目出度《めでた》い官許の詩集であるといふ意味のことだけを述べておく。

（『上毛新聞』一九一七年二月二十五・六日）

明治大正文学全集　萩原朔太郎篇

『青猫』について

前書

前に新潮社で編輯した「現代詩人全集」及び改造社の「日本文学全集」中の詩人号に於て、私は過去の作品中から、比較的自信のある者だけを自選した。ところが私の自選は、友人間に甚だ不評であり、或る人からは悪詩悪選だとさへ非難された。しかし私としては、自分の芸術的批判に訴へ、今尚《いまなお》断乎として自選の正しさを疑はない。それ故《ゆえ》春陽堂編纂《へんさん》のこの書に於ても、同じくまた過去の作品から、概《おおむ》ね前出の者を再選する外にないのである。しかしながら私としては、この機会に自選詩の自註を試み、過去の作品に於て内密に用意してゐた、自分の芸術的方法と構成と、併《あわ》せて主題の意識的に意図した者とを、すべて種明しにして公表したいと思ふのである。もとよりさうした自註によつて、読者が私を理解する者とは思つて居《い》ないし、且《か》つまたそんな事実も有り得はしない。ただ私自身として、自ら歩いて来た芸術里程《りてい》を、自註の形式で告白することに尽きるのである。

沼沢地方

蛙どものむらがつてゐる
さびしい沼沢地方をめぐり歩いた。
日は空に寒く
どこでもぬかるみがじめじめした道につづいた。
わたしは獣《けだもの》のやうに靴をひきずり
あるいは悲しげなる部落をたづねて
だらしもなく　懶惰《らんだ》のおそろしい夢におぼれた。

ああ　浦！
もうぼくたちの別れをつげよう
あひびきの日の木小屋のほとりで

おまへは恐れにちぢまり　猫の子のやうにふるへてゐた。
あの灰色の空の下で
いつでも時計のやうに鳴つてゐる
浦！
ふしぎなさびしい心臓よ。
浦！　ふたたび去りてまた逢《あ》ふ時もないのに。

猫の死骸

海綿のやうな景色のなかで
しつとりと水気にふくらんでゐる。
どこにも人畜のすがたは見えず
へんにかなしげなる水車が泣いてゐるやうす。
さうして朦朧《もうろう》とした柳のかげから
やさしい待びとのすがたが見えるよ。
うすい肩かけにからだをつつみ

びれいな瓦斯体《ガス》の衣裳をひきずり
しづかに心霊のやうにさまよつてゐる。
ああ浦　さびしい女！
「あなた　いつも遅いのね」
ぼくらは過去もない未来もない
さうして現実のものから消えてしまつた。……
浦！
このへんてこに見える景色のなかへ
泥猫の死骸を埋めておやりよ。

（自註）
「猫の死骸」及び「沼沢地方」は、共に一種の象徴的恋愛詩である。二篇を通じて、同じ一人の女Ula（浦）が出てくる。このUla（浦）は現実の女性でなく、恋愛詩のイメーヂの中で呼吸をして居る、瓦斯体の衣裳をきた幽霊の女、鮮血の情緒に塗られた恋しく悩ましい女である。そのなつかしい女性は、いつも私にとつて音楽のやうに感じられる。さうして、悲しくやるせなく、過去と現実と未来につらなる、時間の永遠の暦の中で、悩ましく呼吸してゐる音楽である。

それ故に詩のモチーフは、主としてUlaといふ言葉の音韻にこめられてある。読者にして、もしUlaの音楽的情緒を、その発韻から感受することが出来るならば、詩の主想をはつきりと掴むことが出来るだらうし、もしその感受が及ばなかつたら、私の詩の現はす意味が、全体として解らないことになるでせう。つまり言へば私のUlaは、作詩の構成に於ける様式上の手法として、ポオの「大鴉」に於けるNevermoreや、あのれいおなあどやと同じ事になつてるのです。ポオの詩では、さうした言葉の反覆から来る、或る物侘《ものわび》しい墓場から吹いてくる風のやうなのすたるぢやの音楽的心像が、一篇のモチーフとなつて居るのです。

沿海地方

馬や駱駝《らくだ》のあちこちする
光線のわびしい沿海地方にまぎれてきた。
交易をする市場はないし
どこで毛布《けつと》を売りつけることもできはしない。
店鋪もなく

さびしい天幕《てんまく》が砂地の上にならんでゐる。
どうしてこんな時刻を通行しよう
土人のおそろしい兇器のやうに
いろいろな呪文がそこらいつぱいにかかつてしまつた。
景色はもうろうとして暗くなるし
へんてこなる砂風《すなかぜ》がぐるぐるとうづをまいてる。
どこにぶらさげた招牌《かんばん》があるではなし
交易をしてどうなるといふあてもありはしない。
いつそぐだらくにつかれきつて
白砂の上にながながとあふむきに倒れてゐよう。
さうして色の黒い娘たちと
あてもない情熱の恋でもさがしに行かう。

荒寥地方

散歩者のうろうろと歩いてゐる

十八世紀頃の物さびしい裏街の通りがあるではないか
青や緑や赤やの旗がびらびらして
むかしの出窓に鉄葉《ぶりき》の帽子が飾つてある。
どうしてこんな情感のふかい市街があるのだらう
日時計の時刻はとまり
どこに買物をする店や市場もありはしない。
古い砲弾の砕片《かけ》などが掘り出されて
それが要塞区域の砂の中でまつくろに錆びついてゐたではないか
どうすれば好《よ》いのか知らない
かうして人間どもの生活する　荒寥《こうりよう》の地方ばかりを歩いてゐよう。
年をとつた婦人のすがたは
家鴨《あひる》や鶏《にわとり》によく似てゐて
網膜の映るところに真紅《しんく》の布《きれ》がひらひらする。
なんたるかなしげな黄昏《たそがれ》だらう
象のやうなものが群がつてゐて
郵便局の前をあちこちと彷徨《ほうこう》してゐる。

「ああどこに　私の音づれの手紙を書かう！」

（自註）

「沿海地方」「荒寥地方」共に同じやうな想の主題を取り扱つて居る。それはパノラマ館の中で見る、油画の物侘しい風景と、あの妙にうら悲しく寂しい青空を目に浮べて、私の或る郷愁をさそふところの、心の哀切な抒情詩を書いたのである。

此等《これら》の詩を通じて、私が書かうとしたものは「音楽」だつた。あのオルゴールの音色に漂ふ、音楽のやるせない情愁の心像だつた。この一つの目的からして、私は言葉を出来るだけ柔らかく、抒情的に、丁度《ちようど》音楽時計のゼンマイが、自然にとけてくるやうな工合《ぐあい》に用ゐた。例に就いて種を明かせば、

交易をする市場はないし
どこで毛布を売りつけることもできはしない
店鋪もなく

の如く、「ないし」「できはしない」「なく」等で同韻の反覆重律をして居る。単に反覆重韻をするばかりでなく、此等の日本語の語韻に於ける、或る重苦しい、自堕落で退屈さうな調子を、特に

意識的に強調した。その目的は、詩それ自体の主想となつてる、一種の人生的倦怠と物憂さとを、言葉の音韻上に於て正しく写象しようとしたからである。

口語に於ける「行かう」「しよう」「ゐよう」等の語調の中には、妙に投げ出したやうなアンニュイの感があるので、私は特に好んでそれを用ゐた。「無いし」「居るし」「暗くなるし」等の言葉も、軽いリリカルの好い味があるので私の詩の常用語に使用した。またSōshite（さうして）Yōni（やうに）Aru-dewa-naika（あるではないか）等の言葉には、日本語としての特殊な柔らかな響《ひびき》があり、耳に訴へて美くしくリリカルに感じられるので、これらもまた私の詩語に常用し、意識的に抒情的効果を強調した。

此等の言語は、単に以上の詩に限らず、以下選出する私の詩の殆《ほと》んど全体に使用され、私の詩の特殊なスタイルを風貌づけてる。読者にして、もしかうした言葉のリリカルな風情を理解し、私の詩語に於ける特殊な音韻を感受し得れば、その人々にとつて私の詩は、一つの「音楽」として心像されることが出来るでせう。反対にもし、それが音楽として心像されない場合に於て、私の詩篇全体は、多分つまらぬ無意味な者にしか過ぎないでせう。

緑色の笛

この黄昏の野原のなかを
耳のながい象たちがぞろりぞろりと歩いて居る。
黄色い夕月が風にゆらいで
あちこちに帽子のやうな草つぱがひらひらする。
さびしいですか　お嬢さん！
ここに小さな笛があつて　その音色は澄んだ緑です。
やさしく歌口《うたぐち》をお吹きなさい
とうめいなる空にふるへて
あなたの蜃気楼をよびよせなさい
思慕のはるかな海の方から
ひとつの幻像がしだいにちかづいてくるやうだ。
それはくびのない猫のやうで　墓場の草影にふらふらする
いつそこんな悲しい暮景の中で　私は死んでしまひたいのです。お嬢さん！

貝殻の内壁から〔ある風景の内殻から〕

どこにこの情慾は口をひらいたら好いだらう
大海亀《うみがめ》は山のやうに眠つてゐるし
古生代の海に近く
厚さ千貫目ほどもある硨磲《しやこ》の貝殻が眺望してゐる。
なんといふ鈍暗な日ざしだらう
しぶきにけむれる岬岬の島かげから
ふしぎな病院船のかたちが現はれ
それが沈没した錨の纜《ともづな》をずるずると曳いてゐるではないか。
ねえ！　お嬢さん
いつまで僕等は此処《ここ》に坐り　此処の悲しい岩に並んでゐるのでせう
太陽は無限に遠く
光線のさしてくるところにぼうぼうといふほら貝が鳴る。
お嬢さん！
かうして寂しくぺんぎん鳥のやうにならんでゐると

愛も　肝臓も　つらゝになつてしまふやうだ。
やさしいお嬢さん！
もう僕には希望《のぞみ》もなく　平和な生活《らいふ》の慰めもないのだよ
あらゆることが僕を気ちがひじみた憂鬱にかりたてる
へんに季節は転転して
もう春も李《すもも》もめちやくちやな妄想の網にこんがらかつた。
どうすれば好いのだらう　お嬢さん！
ぼくらはおそろしい孤独の海辺で　大きな貝肉のやうにふるへてゐる。
そのうへ情慾の言ひやうもありはしないし
これほどにもせつないい心がわからないの？　お嬢さん！

（自註）
以上二篇の詩で、私はOjō-san（お嬢さん）といふ語をモチーフの主語に用ゐた。現代日本の日常口語には、恋人を呼びかける好い言葉がない。「あなた」は無内容で空々しく、少しも親愛の情がない言葉であるし、「お前」は対手《あいて》を賤《いや》しめて軽蔑して居る。昔の古い文章語には、「君」とか、

「妹《いも》」といふ優しく情愛のこもつた言葉があつたが、今の猥雑な日本語には、さうした美しい言葉が全く無い。活動写真のラヴシーンを見ても、恋人同士の話の中で、弁士が「お前」「あなた」など言ふ語を使ふと幻滅で、恋の美しく甘い情緒がすつかり破壊されてしまふ。どうも現代の日本語は猥雑であり、単にこの一事だけでも、詩のやうな芸術的表現に使用し得べく、あまりに過渡期的未完成の粗雑語であることが了解される。かうした未完成の非芸術語を使用して多少でも芸術的な詩らしい者を書かうとするところに、僕等の時代の詩人たちに共通してゐる、悲壮な冒険と犠牲とがあることを、読者に了察してもらはねば困るのである。

さて私としては、Ojō-sanといふ言語の響に、音韻の特殊な美しさを感じて居る。その音韻には、何かしら浪漫《ろうまん》的で、遠くから聴える音楽の縹渺《ひようびよう》たる情趣が感じられる。そしてまたこの音楽が、私の詩の内容と一致してゐるので特にそれを主語として用ゐたのである。

「貝殻の内壁から」は、原題「ある風景の内殻から」の改題である。この詩は貝殻の内部に於ける、一種の錯迷した不思議な空間――その中にはぐにやぐにやした、軟体動物の悩ましい肉が悶えてゐる。――と、さうした貝殻の海に於ける或る郷愁とを、純粋抒情詩の音楽心像で象徴した。

「ねえ！　お嬢さん」

「どうすれば好いのだらう」

「これほどにもせつない心がわからないの？　お嬢さん！」

の三行を、一篇の首脳として強調した。これらの日常口語の中に、私として特殊の美しい音韻的調律を感じて居るからです。

仏陀

赭土《あかつち》の多い丘陵地方の
さびしい洞窟の中に眠つてゐるひとよ
君は貝でもない　骨でもない　物でもない。
さうして磯草の枯れた砂地に
ふるく錆びついた時計のやうでもないではないか。
ああ　君は「真理」の影か　幽霊か
いくとせもいくとせもそこに坐つてゐる
ふしぎの魚のやうに生きてゐる木乃伊《みいら》よ。
このたへがたくさびしい荒野の涯で
海はかうかうと空に鳴り
大海嘯《おほつなみ》の遠く押しよせてくるひびきがきこえる。

君の耳はそれを聴くか？
久遠《くをん》のひと　仏陀よ！

蒼ざめた馬

冬の曇天の　凍りついた天気の下で
そんなに憂鬱な自然の中で
だまつて道ばたの草を食つてる
みじめな　しよんぼりした　宿命の　因果の蒼ざめた馬の影です
わたしは影の方へうごいて行き
馬の影はわたしを眺めてゐるやうす。

ああはやく動いてそこを去れ
わたしの生涯《らいふ》の映画幕《すくりん》から
すぐに　すぐに外《ず》り去つてこんな幻像を消してしまへ
私の「意志」を信じたいのだ。馬よ！

因果の　宿命の　定法の　みじめなる
絶望の凍りついた風景の乾板から
蒼ざめた影を逃走しろ。

輪廻と樹木

輪廻《りんね》の暦《こよみ》をかぞへてみれば
わたしの過去は魚でもない　猫でもない　花でもない
さうして草木《さうもく》の祭祀《さいし》に捧げる器物《うつは》や瓦の類でもない。
金《かね》でもなく　虫でもなく　隕石でもなく　鹿でもない
ああ　ただひろびろとしてゐる無限の「時」の哀傷よ。
わたしのはてない生涯《らいふ》を追うて
どこにこの因果の車を廻して行かう
とりとめもない意志の悩みが　あとからあとからとやつてくるではないか。
なんたるあいせつの笛の音《ね》だらう
鬼のやうなものがゐて木の間で吹いてる。

まるでしかたのない夕暮れになつてしまつた
燈火《ともしび》をともして窓からみれば
青草むらの中にべらべらと燃える提灯《ちようちん》がある
風もなく
星宿のめぐりもしづかに美しい夜《よる》ではないか。
ひつそりと魂の秘密をみれば
わたしの転生はみじめな乞食で
星でもなく　犀でもなく　毛衣《けごろも》をきた聖人の類でもありはしない。
宇宙はくるくるとまはつてゐて
永世輪廻のわびしい時刻がうかんでゐる。
さうしてべにがらいろにぬられた恐怖の谷では
獣《けもの》のやうな榛《はん》の木が腕を突き出し
あるいはその根にいろいろな祭壇が乾《ひ》からびてる。
どういふ人間どもの妄想だらう。

野鼠

どこに私らの幸福があるのだらう
泥土《でいど》の砂を掘れば掘るほど
悲しみはいよいよふかく湧いてくるではないか。
春は幔幕《まんまく》のかげにゆらゆらとして
遠く俥《くるま》にゆすられながら行つてしまつた。
どこに私らの恋人があるのだらう
ばうばうとした野原に立つて口笛を吹いてみても
もう永遠に空想の娘らは来やしない。
なみだによごれためるとんのづぼんをはいて
私は日傭人《ひようとり》のやうに歩いてゐる
ああもう希望もない　名誉もない　未来もない。
さうしてとりかへしのつかない悔恨ばかりが
野鼠のやうに走つて行つた。

艶めかしい墓場

風は柳を吹いてゐます
どこにこんな薄暗い墓地の景色があるのだらう。
なめくぢは垣根を這ひあがり
みはらしの方から生《なま》あつたかい潮みづがにほつてくる。
どうして貴女《あなた》はここに来たの
やさしい　青ざめた　草のやうにふしぎな影よ
貴女は貝でもない　雉でもない　猫でもない
さうしてさびしげなる亡霊よ
貴女のさまよふからだの影から
まづしい漁村の裏通りで　魚《さかな》のくさつた臭ひがする
その腸《はらわた》は日にとけてどろどろと生臭く
かなしく　せつなく　ほんとにたへがたい哀傷のにほひである。

ああ　この春夜のやうになまぬるく

べにいろのあでやかな着物をきてさまよふひとよ
妹のやうにやさしいひとよ
それは墓場の月でもない　燐でもない　影でもない　真理でもない
さうしてただなんといふ悲しさだらう。
かうして私の生命《いのち》や肉体《からだ》はくさつてゆき
「虚無」のおぼろげな景色のかげで
艶《なま》めかしくも　ねばねばとしなだれて居るのですよ。

月夜

重たいおほきな羽をばたばたして
ああ　なんといふ弱弱しい心臓の所有者だ。
花瓦斯のやうな明るい月夜に
白くながれて行く生物の群をみよ
そのしづかな方角をみよ
この生物のもつひとつのせつなる情緒を見よ

あかるい花瓦斯のやうな月夜に
ああ　なんといふ悲しげな　いぢらしい蝶類の騒擾《そうじよう》だ。

（自註）

以上、数篇の詩を通じて、私は自分の哲学する宿命論を、特殊の抒情的モチーフにこめて歌つた。私はかつてシヨーペンハウエルに惑溺し、抒情詩の主題《テーマ》にその思想的影響を可成《かなり》受けた。シヨーペンハウエルの異常な魅力はその論理的な方面よりも、むしろその詩人的性格の中に本質して居た。それは東洋的虚無思想を多分に持つてる、一種の悩ましい意志否定の哲学であり、人間的なあらゆる情慾の悩みから出発し、血だらけの艶《なまめ》かしい衣裳を着て、春の夜の墓地にさ迷ふ厭世主義の哲学である。げにシヨーペンハウエルの哲学ほどにも、憂鬱で、厭世的で、しかも悩ましく艶かしいものがどこにあらうか。それはあの熱帯の情慾に悩まされた印度人《インド》が、菩提樹《ぼだいじゅ》の花の下で幻想したところの、原始的仏教の禁慾主義や涅槃《ねはん》の思想を聯想《れんそう》させる。私の第二詩集「青猫」は、主としてこの種の主題――春の夜に聴く横笛の音――の悩みから書かれて居た。

鶏

しののめきたるまへ
家家の戸の外で鳴いてるのは鶏《にはとり》です
声をばながくふるはして
さむしい田舎の自然から呼びあげる母の声です
とをてくう、とをるもう、とをるもう。

朝のつめたい臥床《ふしど》の中で
私のたましひは羽ばたきをする。
この雨戸の隙間からみれば
よもの景色はあかるくかがやいてゐるやうです
されどもしののめきたるまへ
私の臥床にしのびこむひとつの憂愁
けぶれる木木の梢をこえ
遠い田舎の自然から呼びあげる鶏《とり》のこゑです

とをてくう、とをるもう、とをるもう。

恋びとよ
恋びとよ
有明のつめたい障子のかげに
私はかぐ　ほのかなる菊のにほひを
病みたる心霊のにほひのやうに
かすかにくされゆく白菊のはなのにほひを
恋びとよ
恋びとよ。

しののめきたるまへ
私の心は墓場のかげをさまよひあるく
ああ　なにものか私をよぶ苦しきひとつの焦燥
このうすい紅《べに》いろの空気にはたへられない
恋びとよ

母上よ
早くきてともしびの光を消してよ
私はきく　遠い地角のはてを吹く大風《たいふう》のひびきを
とをてくう、とをるもう、とをるもう。

（自註）
黎明《れいめい》の時、臥床の中から遠く聴える鶏の朝鳴を、私はtoo-ru-mor, too-te-kurといふ音表によつて書き、且つそれを詩の主想語として用ゐた。元来、動物の鳴声、機械の廻転する物音などは、純粋の聴覚的音響であつて、言語の如く、それ自身の意義を説明する概念がないのであるから、聴く人の主観によつて、何とでも勝手に音表することが出来るわけである。したがつて音楽的効果を主とする詩の表現では、かうしたものが、最も自由性の利く好取材となる。私もまたその理由から、好んでこの種の音響的主題を用ゐた。例へば「猫」と題する詩で、私は恋猫の鳴声を

——おわああ！　おぎやあ！

として音表した。また「軍隊」と題する他の詩で、武装した兵士等の行軍する靴音を

——づしり、ばたり。どたり、ばたり

とし、また「時計」と題する詩では、柱時計のゼンマイがとけて時刻を報ずる音を
――じぼあん・じやん！　じぼあん・じやん！
として音象した。また「遺伝」と題する詩で、夜鳴きをする犬の気味悪い遠吠を
――のをあある　やわあ！
といふ音表で書いた。

（『明治大正文学全集三十六』春陽堂一九三一年十二月）

青猫スタイルの用意に就いて

先日佐藤惣之助君と詩の話をした時、表現についての議論が出た。佐藤君が言ふのに、近頃流行の形容詩体――××のやうに――は幼稚であるから、自分はそれを捨てて新詩風を選んだと。然《しか》るに今月の「轟々」といふ雑誌を見るに、南江二郎君が同じやうな説を述べてる。曰く「××のやうに」といふ形容詩句は、仏蘭西《フランス》あたりではずつと幼稚なものに属し、此頃《このごろ》ではもう使ふ人は全くないと。よつて此所《ここ》に一言、自分の表現用意について説明しておく。

そもそも我が詩壇に於て、この形容詞句「やうに」を最初に有効に使つたのは、私の知る限り福士幸次郎君であつたやうだ。しかしそれを最も盛んに使用し、殆《ほと》んどそれで以《もつ》て詩体の一特色を構成するやうにしたのは、実に私の詩集「青猫」であつた。それ故《ゆえ》に上述の非難は、正当に私の責任に負ふべきもので、佐藤、南江君の悪声に対しても、一応自分として答へねばならない立場にある。

元来、何々のやうにといふ類の形容が、詩的表現として幼稚愚劣なものであることは、一通りには始めから解りきつたことである。特に近頃の印象を重んずる新詩風で、こんな気の利かない概念的形容を使ふのが、既に既に時代遅れであることは、仏蘭西詩壇を引き合ひに出すまでもなく、日本に於ても常識で解つてゐることと思ふ。もちろん私自身も、始めからそれ位《くらい》のことは知れきつた筈《はず》だ。しかし私としては、普通さうした常識以上に、別の新しい用意から特にそれを選んだのである。

そこでこの「やうに」といふ形容は、普通には単なる比喩として用ゐられる。たとへば「血のやうに赤い」「鉄のやうに強い」「矢のやうに速い」等である。かうした普通の形容が、詩語として如何《いか》に幼稚なものであるかは言ふまでもないだらう。なぜならば「早い」といふことを言ふために、矢といふ別の概念を借りてきて、しかもそれを「やうに」の御丁寧な説明入《いり》でくどくどと書き立てる。この詩語の構成は全く気の利かない散文式で、近代詩として最も愚劣なものに属する。近代詩の特色は、印象的、象徴的の強い効果に存するのだから、かかる概念的の説明風な比喩を排することは言ふ迄《まで》もない。思ふに佐藤君や南江君がそれを非時代的として難ずる所由《いわれ》は之《こ》れであらう。

所が私としても、それ位のことは前から知つて居《い》るのであつて、その常識のも一つ上に、別の新しい用意で——言はば或る独創的な創造として——それを使ひ、以て「青猫」の我流なスタイルを作つたのである。ではどんなに私がそれを使つて居るか？　それは「青猫」の中の詩をどれでも読んでもらへばすぐ解ることである が、此所に念のために用意の存する所を話しておかう。

普通の形容としての「やうに」は、上述した如き説明の比喩にすぎない。「血のやうに赤い」といふ時、血といふ言語の働らく意味は、単に赤いの説明であり、この「血」と「赤」との間には、比喩としての聯想《れんそう》の外、何の必然不離の関係もない。然るに私の詩法に於ては、決してさういふ説明的形容詞を用ゐない。私のやり方ではこの「血」と「赤」とを、一の聯想的必然によつて結びつけ、両者の関係を比喩でなく、一歩進めた象徴にしてしまふのである。

此所で一寸《ちよつと》、比喩と象徴との区別を述べておかう。たとへば桜花は日本人のシムボルであるといふ時、この所謂《いわゆる》シムボルはその実一種の比喩である。なぜならば桜花の淡泊にして散り易《やす》き特性を、日本人の国民気質と概念的に結びつけ、甲によつて乙を解説したものであるから。然るに夏の白昼を描くに燃ゆる太陽を以てし、勇気を表はすに太く強き線を以てし、悲哀を現はすに弱き線を以てし、或《あるい》はロマンチツクな憧憬《どうけい》を描くに遠き地平線の図を以て表現するのは、両者の間に何の概念的説明がなく、甲の心像がそれ自ら乙の表象の上にぴ、つ、た、り、と気分的に重なつてゐるから、之れは即《すなわ》ち比喩でなくして象徴といふべきである。

そこで私の詩句法が、同様にこの象徴の上に立つて居るのである。例をあげて説明しよう。今、かりに「夜」と題する詩が此所にあつて、それの闇黒の表象を先《ま》づ歌ふ必要があるとする。この時普通の形式句法は、何等《なんら》かの比喩によつて夜の闇黒を形容する。たとへば「烏羽玉《ぬばたま》のやうな闇夜」とか「墨のやうに闇黒の夜」とか言ふだらう。而《しか》してこの「夜」と題する詩のテーマが、かりに夜の神秘的な恐怖を歌ふものだと予定したならば、前のやうな形容詩句が何の意味をもつかを考へて見よ。この場合に「墨のやうに闇黒の夜」といふ詩句は、全然無意味な説明的の冗句にすぎない。なぜならば「墨のやうに」は、単に闇黒の比喩的形容にすぎないので、何等の表現的必然性をもつて居ない。もし墨の代りに烏羽玉《ぬばたま》を以てしても、詩的効果に於て変りはなからう。

然るに此所で「墓穴のやうに闇黒の夜」と言へば、もはやこの詩句は比喩でなく象徴になつてくる。なぜならば「墓穴」といふ心像自身が、夜の神秘的な恐怖を以て直接迫つてくるからである。思ふにこの詩句の読者は、先づ墓穴といふ詩語からして、一の主題的心像を感触してくる。而して次の「闇黒の夜」がさらにその心像の上に重なつてくるのである。故にこの場合に於ては、墓穴と夜とは必然不離の関係をもつて一如《いちによ》となつてゐる。したがつて実際には、この「やうに」といふ連辞は必要がないのである。もし単語だけで書きたいならば、単に

墓穴、闇黒、夜

と三語並べただけでも好《よ》いのであつて、単に詩想を伝へる上では、それでも全く同じである。しかし詩といふものは、連辞のてにをはや言語の音律の響きによつて、主観のデリケートな情操を伝へるもので、そこに真の複雑な意味と情趣とがあるのだから、単にボツボツの単語を並べたの

では不完全だ。（世にはボツボツの単語を並べて、それが印象的だと思つてゐる人がある。之れは印象といふ観念を、皮相《ひそう》な視覚上の意味に解した結果で、最も笑ふべき謬見《びゆうけん》である。）

　も一つ適当の例をあげよう。室生犀星君の詩には、よく蜆《しじみ》といふユニツクワーヅが使はれてゐる。「蜆のやうな夕暮」「蜆のやうな悲哀」等である。或る人がそれを不思議がつて私に聞いた。一体蜆のやうな悲哀とはどういふわけでせう、悲哀がどうして蜆なんだらうと。かういふ疑問が生ずるのは、この「やうな」を文法的に解釈して、蜆を悲哀の形容語とし、それの寓意された比喩を解かうとするからである。これは比喩ではなく象徴である。冬の寒い裏街などで、氷つた溝水の中に棲んでる、あの悲しくかじかんだ蜆といふ魚介の聯想が、それ自ら作者の主観する特殊の悲哀を象徴するので、その悲哀が即ち蜆、蜆が即ちその悲哀であり、両者は全く一観念に重なり合つてる。かういふ詩語を我々は「ぴつたりしてゐる」と言ふ。ぴつたりしてゐるといふことは、比喩を脱して象徴の域まで進んだ表現を言ふのである。

　比喩と象徴との区別は、これで大体解つたと思はれる。もし比喩ならば「やうな」は形容であり、普通の文法通りの意味に属するけれども、象徴の場合の「やうな」は、もはや文法上の意味とはちがつてくる。前に室生君の詩句が解らないといつて不思議がつた人も、つまりこの「やうな」を文法通りの形容に解した結果である。では象徴の場合に於て「やうな」はどういふ意味を持つだらうか。もしそれが厭《きら》ひならば、前に言ふ通り除いてしまつて、単に個々の単語を並べても好いのであるし、或はまた「烏羽玉の闇」式に、連辞「の」を以て「やうに」の代用にしても好いのである。然るに私が好んでこの「やうに」を濫用するのは、そこに私自身の特別な詩想的条件があるからである。先づ私の詩から一篇を引例しよう。

題のない歌（青猫九四頁）

南洋の日にやけた裸か女のやうに
夏草の茂つてゐる波止場の向うへ
ふしぎな赤錆びた汽船がはひつてきた。
ふはふはとした雲が白くたちのぼつて
船員の吸ふ煙草のけむりがさびしがつてる。
わたしは鶉のやうに羽ばたきながら
さうして丈《たけ》の高い野茨の上を飛びまはつた。
ああ　雲よ　船よ　どこに彼女は航海の碇を捨てたか

（以下略す）

私がこの「やうに」詩体で、特殊なスタイルを作つたといふわけは、もちろん単にそれを象徴として用ゐたといふだけの話ではない。単に「墓穴のやうな闇黒」といふやうな詩句ならば、既に人々が普通にやつてることであつて、何の新しいことも珍らしいこともない。上説した所は、単に比喩と象徴との別を明らかにして、以下述べる所の前提としたにすぎない。

さて此所に引例した私の詩で、最初の第一行に「やうに」が使はれてゐる。此所で私は

南洋の裸か女のやうに

と言ひ、次に

夏草の茂つてゐる波止場の向うへ
ふしぎな赤錆びた汽船がはひつてきた。

と続けてゐるから、文法上の解釈上からは、この「南洋の裸か女」といふ観念が、当然「赤錆びた汽船」の比喩となつてるので、それが「やうに」の形容語で説明されてゐるわけである。しかしさう文法的に解釈しては、此等《これら》の詩に価値がなくなつてくる。何となれば此所では、この「南

洋の裸か女」が、それ自ら独立詩句となつて、さうした島の南国的情景を表象してゐるからである。つまりこの詩は、次のやうに言ひ換へたのと同じである。

　　南洋の島に日にやけた裸か女が居る。
　　そして夏草の茂つてゐる波止場の向うへ
　　ふしぎな赤錆びた汽船がはひつてきた。

これでよく解るだらう。即ち「やうに」はこの場合「そして」といふ語と同じほどの意味をもつてる。ではなぜ「そして」と言ふ代りに「やうに」と言ふか、それを説明しよう。

今、前の書き換へのやうに

　　南洋の島に日にやけた裸か女が居る。

と切つて、次に

　　夏草の茂つてゐる波止場の向うへ

とする時には、初めの第一行が印象的に独立したものとなり、次行との間に詩情の濃やかなつなぎが切れてくる。その上にこの場合として、詩句が風物の自然的描写になりすぎるのである。此所ではさうした島の風光を描くと同時に、或る縹渺《ひようびよう》たる主観の情緒的気分を出さねばならぬ。したがつて此の場合では、単純な風光描写になつては困るので、一方にその景色の印象を暗示しながら、それと同時に主観の情緒的節奏を伝へねばならないのだ。故に「そして」で次につながずして、「やうに」でぼんやりつなぐときは、描写としての印象が弱くなる代りに、自然それが主観の中にぼかされ、印象と同時に情緒、客観と同時に主観を匂はすことができるのである。

あまつさへこの「やうに」といふ言葉の、妙に物柔らかい、そしてどこか薄ぼんやりした感じが、私の趣味として特別に好きなのである。すくなくともこの「題のない歌」の如き、或る神秘縹渺とした柔らかい情緒詩操をテーマとする詩では、とりわけこの「やうに」の薄ぼんやりした感じが適切なので、青猫全巻を通じて、私がそのスタイルを用ゐた理由も此所にある。けだしあの詩集の中心的主題は、多くあの種の詩境にあつたから。

要するに「やうに」は私にとつて一の狡猾《こうかつ》なテクニツクで、そのやや曖昧な語感を利用し、二重三重の複雑な意味や気分を、それでズルクぼやかしてしまふのである。もちろん一方では、それに文法通りの形容的意味をあたへてることは言ふ迄もない。尚《なお》、引例の詩の第六行目を見よ。

わたしは鶉のやうに羽ばたきながら
さうして丈の高い野茨の上を飛びまはつた。

この場合は一層直接である。ここで「鶉のやうに」と言つてるけれども、実の意味は形容でなく、鶉そのものが野茨の上を飛んでゐる景色である。ではなぜ直接に「鶉が羽ばたきしながら飛んでゐる」と言はないで、特に「私は……のやうに」などと余計な形容をするのだらうか。言ふ迄もなく、自分の主観的な気分を書いて、それを客観の情景と一所に結びつける必要があるからである。即ち次のやうに説明されたのと同じ。

鶉は羽ばたきながら
丈の高い野茨の上を飛びまはつてゐる
私の心もまたそのやうに
草原の上をあちらこちらさまよつてゐる。

かく四行で言ふ所を、簡潔に「私は……のやうに」で表現したのである。その他、青猫の中の詩は、どれを取つても皆同じテクニックが利用されてる。たとへば「輪廻《りんね》と転生」と題する詩の最初の三行。

　地獄の鬼がまはす車のやうに
　冬の日はごろごろとさびしくまはつて
　輪廻《りんね》の小鳥は砂原のかげに死んでしまつた。

この第一行における「やうに」が、単なる冬の日輪の形容でなく、輪廻における地獄の心像をあたへたものであることは明らかだらう。その他「さびしい来歴」で、

　私は駱駝《らくだ》のやうによろめきながら
　椰子の実の日にやけた核を嚙みくだいた。

等皆同じである。実に風景の中を歩いてゐるのは駱駝であつて私でない。しかもその「印象の影に」私自身がまた歩いて居る気分を感じさせる手段である。

思ふにこのスタイルは、大して独創的のものではないかも知れない。私自身とした所で、ことさらそれを得意にしてゐるわけでなく、況《いわ》んや自まんしようなどと思つてゐる次第では全くない。

けれども普通の比喩的形容として用ゐられる、文法的常識の「やうな」とは多少ちがつた用法と信じてゐる。すくなくともそんな説明的の本質をもつて居ない。私は信ずる。すくなくとも最近以前の詩壇に於て、この種の形容詩句を象徴に使用した詩の無かつたことを。昔の詩句ではすべてそれが単純な比喩形容にすぎなかつた。だからどんな非難に於ても、私の「やうな」詩体を時代遅れといふのだけはひどすぎる。況んや幼稚なものと見るのは乱暴である。幼稚なものは単純な比喩形容で、私の青猫スタイルではない筈である。もちろん佐藤君や南江君の指す所は、或は私に関しない別方面にあるのだらうが、表面上の責任はつまり私に帰するのだから、此所に自分の詩作用意を弁明しておく次第である。

（『日本詩人』一九二六年十一月号）

青猫を書いた頃

青猫の初版が出たのは、今から十三年前、即《すなわ》ち一九二三年であるが、中の詩は、その以前から、数年間に書き貯《た》めたものであるから、つまり一九一七年頃から一九二三年へかけて書いたもので、今から約十七年も昔の作になるわけである。十年一昔といふが、十七年も昔のことは、蒼茫《そうぼう》として夢の如く、概《おおむ》ね記憶の彼岸に薄らいで居《い》る。

しかし青猫を書いた頃は、私の生活のいちばん陰鬱な梅雨時だつた。その頃私は、全く「生きる」といふことの欲情を無くしてしまつた。と言つて自殺を決行するほどの、烈《はげ》しい意志的なパッションもなかつた。つまり無為とアンニュイの生活であり、長椅子《ソファ》の上に身を投げ出して、梅雨の降り続く外の景色を、窓の硝子《ガラス》越しに眺めながら、どうにも仕方のない苦悩と倦怠とを、心にひとり忍び泣いてるやうな状態だつた。

その頃私は、高等学校を中途で止《や》め、田舎の父の家にごろごろして居た。三十五六歳にもなる男が、何もしないで父の家に寄食して居るといふことは、考へるだけでも浅ましく憂鬱なことである。食事の度毎《たびごと》に、毎日暗い顔をして両親と見合つて居た。折角《せつかく》たのみにして居た一人息子が、学校も卒業できずに、廃人同様の無能力者となつて、為《な》すこともなく家に転つて居る姿を見るのは、父にとつて耐へられない苦痛であつた。父は私を見る毎《ごと》に、世にも果敢《はか》なく情ない顔をして居た。私は私で、その父の顔を見るのが苦しく、自責の悲しみに耐へられなかつた。

かうした生活の中で、私は人生の意義を考へ詰めて居た。人は何のために生きるのか。幸福とは何ぞ。真理とは何ぞ。道徳とは何ぞ。死とは何ぞ。生とは何ぞや？　それから当然の帰趨とし て、すべての孤独者が惑溺する阿片《アヘン》の瞑想――哲学が私を捉《とら》へてしまつた。ニイチェ、カント、ベルグソン、ゼームス、プラトン、ショウペンハウエルと。私は片つぱしから哲学書を乱読した。或る時はニイチェを読み、意気軒昂《けんこう》たる跳躍を夢みたが、すぐ後からショウペンハウエルが来て、一切の意志と希望とを否定してしまつた。私は無限の懐疑の中を彷徨《ほうこう》して居た。どこにも頼るものがなく、目的するものがなく、生きるといふことそれ自身が無意味であつた。

すべての生活苦悩の中で、しかし就中《なかんずく》、性慾がいちばん私を苦しめた。既に結婚年齢に達して居た私にとつて、それは避けがたい生理的の問題だつた。私は女が欲しかつた。私は羞恥《しゆうち》心を忍びながら、時々その謎を母にかけた。しかし何の学歴もなく、何の職業さへもなく、父の家に無為徒食してゐるやうな半廃人の男の所へ、容易に妻に来るやうな女は無かつた。その上私自身がまた、女性に対して多くの夢とイリュージョンを持ちすぎて居た。結婚は容易に出来ない事情にあつた。私は東京へ行く毎に、町を行き交ふ美しい女たちを眺めながら、心の中で沁々《しみじみ》と悲しみ嘆いた。世にはこれほど無数の美しい女が居るのに、その中の一人さへが、私の自由にならないとはどういふわけかと。

だがしかし、遂に結婚する時が来た。私の遠縁の伯父が、彼自身の全然知らない未知の女を、私の両親に説いてすすめた。半ば自暴自棄になつて居た私は、一切を運に任せて、選定を親たちの意志にまかせた。そしてスペードの9が骨牌《カルタ》に出た。私の結婚は失敗だつた。

陰鬱な天気が日々に続いた。私はいよいよ孤寂になり、懐疑的になり、虚無的な暗い人間になつて行つた。そしていよいよ深く、密室の中にかくれて瞑想して居た。私はもはや、どんな哲学書も読まなくなつた。理智の考へた抽象物の思想なんか、何の意味もないことを知つたからだ。しかしショウペンハウエルだけが、時々影のやうに現はれて来て、自分の悲しみを慰めてくれた。概念の思想そのものではなく、彼の詩人的な精神が、春の夜に聴く横笛の音のやうに、悩ましいリリカルの思ひに充ちて、煩悩即菩提《ぼんのうそくぼだい》の生の解脱《げだつ》と、寂滅為楽《じやくめついらく》のニヒルな心境を撫《な》でてくれた。あの孤独の哲学者が、密室の中に独りで坐つて、人間的な欲情に悩みながらも、終生女を罵《のの》しり世を呪ひ、独身生活に終つたといふことに、何よりも深い真の哲学的意味があるのであつた。

「宇宙は意志の現れであり、意志の本体は悩みである。」とショウペンハウエルが書いた後に、私は付け加へて「詩とは意志の解脱であり、その涅槃《ねはん》への思慕を歌ふ郷愁である。」と書いた。なぜならその頃、私は青猫の詩を書いて居たからである。

そこにはなにごとの希望もない
生活はただ無意味な憂鬱の連なりだ
梅雨《つゆ》だ
じめじめとした雨の点滴のやうなものだ
しかしああ、また雨！　雨！　雨！　（憂鬱の川辺）

と歌つた私は、なめくぢの這ひ廻る陰鬱な墓地をさまよひながら、夢の中で死んだ恋人の幽霊と密会して、

どうして貴女《あなた》はここに来たの？
やさしい、青ざめた、草のやうにふしぎな影よ。
貴女は貝でもない、雉でもない、猫でもない。
さうしてさびしげなる亡霊よ！

…………………（中略）

さうしてただ何といふ悲しさだらう。
かうして私の生命《いのち》や肉体はくさつてゆき
「虚無」のおぼろげなる景色の中で
艶《なま》めかしくも、ねばねばとしなだれて居るのですよ。　（艶めかしい墓場）

と、肉体の自然的に解消して行く死の世界と、意志の寂滅する涅槃への郷愁を切なく歌つた。

蝙蝠《こうもり》のむらがつてゐる野原の中で
わたしはくづれてゆく肉体の柱をながめた。
それは宵闇にさびしくふるへて
影にそよぐ死びと草のやうになまぐさく
ぞろぞろと蛆虫《うじむし》の這ふ腐肉のやうに醜くかつた。
…………………（中略）
それは風でもない、雨でもない
そのすべては愛欲のなやみにまつはる暗い恐れだ。

さうして蛇つかひの吹く鈍い音色に
わたしのくづれて行く影がさびしく泣いた。
（くづれる肉体）

と、ショウペンハウエル的涅槃の侘《わび》しくやるせない無常感を、印度《インド》の蛇使ひが吹く笛にたとへて、郷愁のリリックで低く歌つた。自殺の決意を持ち得ないほど、意志の消耗に疲れ切つて居た当時の私は、物倦《う》く長椅子《ソファ》の上に寝たままで、肉体の自然的に解消して物理学上の原素に還元し、一切の「無」に化してしまふことを願つて居た。

どこに私らの幸福があるのだらう
泥土《でいど》の砂を掘れば掘るほど
悲しみはいよいよ深く湧いてくるのではないか。
………………（中略）
ああもう希望もない、名誉もない、未来もない。
さうして取りかへしのつかない悔恨ばかりが
野鼠のやうに走つて行つた。
（野鼠）

それほど私の悔恨は痛ましかつた。そして一切の不幸は、誤つた結婚生活に原因して居た。理解もなく、愛もなく、感受性のデリカシイもなく、単に肉慾だけで結ばれてる男女が、古い家族制度の家の中で同棲して居た。そして尚《なお》、その上にも子供が生れた。私は長椅子《ソファ》の上に身を投げ出して、昔の恋人のことばかり夢に見て居た。その昔の死んだ女は、いつも紅色の衣装をきて、春夜の墓場をなまぐさく歩いて居た。私の肉体が解体して無に帰する時、私の意志が彼女に逢《あ》つて、燐火の燃える墓場の陰で、悲しく泣きながら抱くのであつた。

ああ浦、さびしい女！
「あなた　いつも遅いのねえ。」
ぼくらは過去もない、未来もない
さうして現実のものから消えてしまつた……
浦！
このへんてこに見える景色の中へ
泥猫の死骸を埋めておやりよ。
（猫の死骸）

浦は私のリヂアであつた。そして私の家庭生活全体が、完全に「アッシャア家の没落」だつた。

それは過去もなく、未来もなく、そして「現実のもの」から消えてしまつた所の、不吉な呪はれた虚無の実在——アッシャア家的実在——だつた。その不吉な汚ないものは、泥猫の死骸によつて象徴されてた。浦！　お前の手でそれに触るのは止めてくれ。私はいつも本能的に恐ろしく、夢の中に泣きながら戦《をのの》いて居た。

それはたしかに、非倫理的な、不自然な、暗くアブノーマルな生活だつた。事実上に於て、私は死霊と一緒に生活して居たやうなものであつた。さうでもなければ、現実から逃避する道がなく、悔恨と悲しみとに耐へなかつたからである。私はアブノーマルの仕方で妻を愛した。恋人のことを考へながら、妻の生理的要求に応じたのである。妻は本能的にそれを気付いた。そして次第に私を離れ、他の若い男の方に近づいて行つた。

すべては不吉の宿命だつた。私は過去を回想して、ポオの「大鴉」の歌のやうに、ねえばあ、もうあ！　ねえばあ、もうあ！　と、気味悪しく叫び続けるばかりであつた。しかしそんな虚無的の悲哀の中でも、私は尚「美」への切ない憧憬《どうけい》を忘れなかつた。意志もなく希望もなく、疲れ切つた寝床の中で、私は枕時計の鳴るオルゴールの歌を聴きながら、心の郷愁する侘しい地方を巡歴した。

馬や駱駝《らくだ》のあちこちする

光線のわびしい沿海地方にまぎれて来た
交易をする市場はないし
どこで毛布《けつと》を売りつけることもできはしない。
店鋪もなく
さびしい天幕が砂地の上にならんでゐる。

（沿海地方）

そんな沿海地方も歩いたし、蛙どもの群つてゐる、さびしい沼沢地方も巡歴したし、散歩者のうろうろと歩いてる、十八世紀頃の侘しい裏街の通りも歩いた。

太陽は無限に遠く
光線のさしてくるところに、ぼうぼうといふほら貝が鳴る。
お嬢さん！
かうして寂しくペンギン鳥のやうに並んでゐると
愛も肝臓も、つらい、つららになつてしまふやうだ。
……………（中略）
どうすれば好《よ》いのだらう、お嬢さん！

ぼくらはおそろしい孤独の海辺で、貝肉のやうにふるへてゐる。
そのうへ情慾の言ひやうもありはしないし
こんなにも切ない心がわからないの？　お嬢さん！
（ある風景の内殻から）

氷島の上に坐つて、永遠のオーロラを見て居るやうな、こんな北極地方の侘しい景色も、夢の中で幻燈に見た。私のイメーヂに浮ぶすべての世界は、いつでも私の悲しみを表象して居た。そこの空には、鈍くどんよりとした太陽が照り、沖には沈没した帆船が、蜃気楼のやうに浮んで居た。そして永劫の宇宙の中で、いつも静止して居る「時」があつた。それは常に「死」の世界を意味して居たのだ。死の表象としてのヴィジョンの外、私は浮べることができなかつたのだ。

むかしの人よ、愛する猫よ
私はひとつの歌を知つてる
さうして遠い海草の焚けてる空から、爛《ただ》れるやうな接吻《きす》を投げよう。
ああこのかなしい情熱の外、どんな言葉も知りはしない。
（怠惰の暦）

詩集「青猫」のリリシズムは、要するにただこれだけの歌に尽きてる。私は昔の人と愛する猫とに、爛れるやうな接吻《きす》をする外、すべての希望と生活とを無くして居たのだ。さうした虚無の柳の陰で、追懐の女としなだれ、艶めかしくもねばねばとした邪性の淫に耽《ふけ》つて居た。青猫一巻の詩は邪淫詩であり、その生活の全体は非倫理的の罪悪史であつた。私がもし神であつたら、私の過去のライフの中から、この生活の全体を抹殺してしまひたいのだ。それは不吉な生活であり、陰惨な生活であり、恥づべき冒瀆《ぼうとく》的な生活だつた。しかしながらまたそれだけ、青猫の詩は私にとつて悲しいのだ。今の私にとつて、青猫の詩は既に「色の褪せた花」のやうな思ひがする。しかもその色の褪せた花を見ながら、私はいろいろなことを考へてるのだ。

見よ！　人生は過失なり——と、私は近刊詩集「氷島」中の或る詩で歌つた。まことに過去は繰返し、過失は永遠に回帰する。ボードレエルと同じく、私は悔恨以外のいかなる人生をも承諾しない。それ故《ゆえ》にまた私は、色の褪せた青猫の詩を抱いて、今もまた昔のやうに、人生の久遠の悲しみを考へてるのだ。

（『新潮』一九三六年六月号）

『純情小曲集』について

叙情詩物語〔『純情小曲集』の世界〕

広瀬川

広瀬川！　いくたび私はその川の岸辺を歩いたらう。少年の日の夢を追うて、何といふあてもない幸福の幻影にこがれてゐた。或《あるい》は菫《すみれ》や蒲公英《たんぽぽ》の咲く川辺に来て、終日《ひねもす》草の上に寝ころんでゐた。いつも私は、どこかで愛らしい娘たちが、自分を待つてゐるやうに思はれた。

「どこに私の恋人が居《い》るのだらう！」

私は未《ま》だ見ぬ恋人を探さうとして、野原や、木立や、川の岸辺に、永い春の一日を歩き暮らした。どこにも陽炎がちらちらと燃え、雲雀《ひばり》が空に舞ひあがつてゐた。

ふしぎな華やかな幸運が、いつも私の前途に感じられてゐた。私は夢に愛人にめぐり合つた。互に偶然に、そこで逢《あ》ふことが予想されてゐた。何よりも、我々は深く愛し合つてゐた。さうして或は、時に絶海の孤島の中で、ただ二人抱きあつて泣いてゐることもあつた。

「浦！」

　私は夢の中の恋人をさう呼んだ。私が彼女と逢ふ時には、いつも物侘《ものわ》びしい北極圏の太陽が、夢の空で輝やいてゐた。URA!〔ママ〕 私はそのさびしい名を忘れない。

　私は現実の愛を得ようとして、いくたび広瀬川の岸辺を歩いたらう。けれども白昼の眩しい光の中では、夢にみる北極の氷が解けて、あらゆる幸福がただ幻影にすぎなかつた。

　ふしぎな華やかな幸運が、それでも尚《なお》、私の前途にぼんやりと感じられてた。私はそれを予感した。運命の思ひがけない機縁《チヤンス》が、いつかは必ずやつてきて、現実の嬉しい日が来るであらうと。暦日は流れて行つた。広瀬川の白い水と一緒に、いくつかの年月は流れて行つた。さうしてただ空しく、私は故郷の田舎に老いてしまつた。何物も。何物も。愛も、名誉も、富も、希望も。すべて私の求めた一切の幸福は、手にだに触れることなくして、空しい幻影のやうに消えてしまつた。

広瀬川

広瀬川白く流れたり
時さればみな幻想は消えゆかん。

われの生涯《らいふ》を釣らんとして
過去の日川辺に糸をたれしが
ああかの幸福は遠きにすぎさり
ちひさき魚は眼《め》にもとまらず。

旅上

ほととぎす鳴くや五月のあやめ草あやめもわかぬ恋をするかな　（読み人しらず）

あの古今集のやさしい歌が、しきりにまた口吟《くちず》さまれる季節がきた。ああ五月新緑！　海のやうなあこがれの季節よ。空に鳴くほととぎす。地に咲くあやめ。さうして故《ゆえ》もなく人の恋しく、あこがれの旅情をそそる季節がきた！

夢を追ふ私の心は、まだ見ぬ西の国々にあこがれてゐた。そこには遠い地平線があり、美しい玻璃製《ビイドロ》の楼閣みたいに、西洋の文明が浮んでゐる。

一生に一度、私は仏蘭西《フランス》といふ所へ行つてみたい。けれどもああ、それもまた空しい願望にすぎないだらう。むしろただどこでも好《よ》い。燕のやうにあてのない旅に出てみよう。私は停車場の混雑を見るのが好きだ。汽車のぼうぼうと鳴る発車の汽笛が好きだ。ただ何んでも好い。新しいトランクに荷造りをして、知らない田舎や都会の方へ、汽車に乗つて行けば好いのだ。さうして独り、景色の移り行く窓に寄りかかつて、さまざまの空想に耽《ふけ》つてゐるのが好きだ。ああ五月新緑！　私のあこがれの旅に出よう。

旅上

ふらんすへ行きたしと思へども
ふらんすはあまりに遠し
せめては新しき背広をきて
気ままなる旅にいでてみん。
汽車が山道をゆくとき
みづいろの窓によりかかりて
われひとりうれしきことをおもはむ
五月の朝のしののめ
うら若草のもえいづる心まかせに。

洋銀の皿

少年の日の切なき心よ！　常にかなしく、あわただしく、何物かを探ねる心よ。何故《なにゆえ》に、どうして世のすべての少年はさうなのだらう。何かしら、いつも私の眼界には、ちらちらとする光が眩しく輝やいてゐた。野道を行けば、草むらの草が強く光り、河原へ降りれば、小石が烈々《れつれつ》と輝やいてゐた。どこに、私は何を探さうと言ふのだらう。ただ故しらぬ不思議な哀傷が、いつも心に込みあげてゐて、外光の強く反射する野景の中では、涙が止《と》めどなく流れてくる。

少年の日の切なき心よ！　常に何かを探さうとして、あてなく、いらだたしく、野道や草むらの中を歩く心よ！　ああ心よ！　お前は何を探して居るのか。何を、どこで失つたのか。心はそれを知らない。けれどもただ悲しく、苛《いら》だたしく、何かの欲情するものを探さうとして、外光の強い野道や草むらを踏みわけて行く。

洋銀の皿

しげる草むらをたづねつつ
なにをほしさに呼ばへるわれぞ

ゆくゆく葉うらにささくれて
指も真紅にぬれぬれぬ。
なほもひねもすはしりゆく
草むらふかく忘れつる
洋銀の皿をたづね行く。
わが哀しみにくるめける
ももいろうすき日のしたに
白く光りて涙ぐむ
洋銀の皿をたづねゆく
草むらふかく忘れつる
洋銀の皿はいづこにありや。

中学の校庭

「教育とは何だ。教育の必要がどこにある？」

生意気にも私は、怠惰にしてこんな理窟を考へた。私は学校が厭《きら》ひであつた。私は教室の硝子《ガラス》窓から、森や木立の遠く見える、野外の青空を眺めてゐた。さうして代数の授業の時間を、夢のやうな詩の空想に耽つてゐた。私はその遠い森の中で、約束した娘と逢ひ、熱情のこもつた接吻をした。

何よりも、情慾の烈《はげ》しい衝動が耐へがたかつた。電光のやうに、ちらとかすめた一瞬の表象すらが、肉体全身に飛びあがらせた。太陽も、地球も、自然も、いつさいが一団の火になつて、鉛のやうにくるめいてゐた。私は歯を食ひしめ、必死の戦《いくさ》をしようとして、いつも猛獣のやうに怒つてゐた。

何故に人間は、かうした欲情に苦しむのか？　人がそれに対して、こんなにも戦はねばならないといふのは、何といふ理不尽なことだらう！　この陰鬱な疑ひが、少年の私を苦しくした。私は人にかくれ、友を避け、次第に森や林の孤独を愛するやうになつてきた。「自然」と、そして「人間」に対する、或る理由なき憎悪感が、早くから心の影に浸み出してきた。

課業の間も、私は常に友をさけて、一人で校庭の草に寝ころんでゐた。そこには苜蓿《うまごやし》が一面に生え地ならしに使ふ鉄のロールが、赤く錆びついて転がつてゐた。私は仰向《あおむ》きに寝ころんで、涯《はて》もなくひろがる青空の穹窿《きゆうりゆう》を見た。雲もなく、無限に高い空の上を、矢のやうに鳥が飛んで行つて、遙かの地平線に消えて行つた。ふといつしか、私の学帽の庇《ひさし》の下で、涙が滝のやうに流れてゐた。或る底知れない悲しみが、一時に強く、胸の奥から込みあげて来たのである。

中学の校庭

われの中学にありたる日は
艶《なま》めく情熱になやみたり
いかりて書物をなげすて
ひとり校庭の草に寝ころび居しが
なにものの哀傷ぞ
はるかに青きを飛びさり
天日《てんじつ》直射して熱く帽子に照りぬ。

（『令女界』一九二七年四月号）

『氷島』について

「氷島」の詩語について

「氷島」の詩は、すべて漢文調の文章語で書いた。これを文章語で書いたといふことは、僕にとつて明白に「退却《レトリート》」であつた。なぜなら僕は処女詩集「月に吠える」の出発からして、古典的文章語の詩に反抗し、口語自由詩の新しい創造と、既成詩への大胆な破壊を意表して来たのだから。今にして僕が文章語の詩を書くのは、自分の過去の歴史に対して、たしかに後方への退陣である。

しかし「氷島」の詩を書く場合、僕には文章語が全く必然の詩語であつた。換言すれば、文章語以外の他の言葉では、あの詩集の情操を表現することが不可能だつた。当時僕の生活は全く破産し、精神の危機が切迫して居《い》た。僕は何物に対しても憤怒を感じ、絶えず大声で叫びたいやうな気持ちで居た。「青猫」を書いた時には、無為と懶惰《らんだ》の生活の中で、阿片《アヘン》の夢に溺れながらも、心に尚《なお》ヴィジョンを抱いて居た。しかし、「氷島」を書いた頃には、もはやそのヴィジョンも無くなつて居た。憤怒と、憎悪と、寂寥と、否定と、懐疑と、一切の烈《はげ》しい感情だけが、僕の心の中に残つて居た。「氷島」のポエヂイしてゐる精神は、実に「絶叫」といふ言葉の内容に尽されて居た。

そこで詩を書くといふことは、その当時の僕にとつて、心の「絶叫」を言葉の「絶叫」に現はすといふことだつた。然《しか》るに今の日本の言葉（日常口語）は、どうしてもこの表現に適応されない、といつて文章語を使ふのは、今さら卑怯な退却《レトリート》のやうな気がして厭《いや》であつたし、全くそのヂレンマに困惑した。その頃書いた僕の或る詩論が、表現論の方面で悲観的となり、絶望的の暗い調子を帯びて居たのも、全くこの自分の突き当つた、当時の苦しい事情と問題に原因して居た。

現代の日常口語が、かうしたポエヂイの表現に適応されないことは、自分でそれを経験した人には、何よりもよく解つてる筈《はず》である。つまり今の日本語（口語）には、言葉の緊張性と言ふものがないのである。巻尾に他の論文（口語詩歌の韻律について）で説いた通り、今の口語には「に」「は」「を」等の助辞が多すぎる為《ため》に、語と語との間に区切れがなく、全体にべたべた食つ附いて居て、歯切れが悪く、調子のハズミといふものが少しもない。例へば「日本人此所《ここ》にあり」とか「花咲き鳥鳴く」といふ場合、口語の方では「日本人は此所に居る」「花が咲き鳥が鳴く」といふ工合《ぐあい》に、「は」「が」等の余計の助辞がつくのである。その為《た》め言葉に抑揚がなく、緊張した詩情を歌ふことができないのである。

その上にまた、今の口語でいちばん困るのは、章句の断定を現はす尾語である。文章語の方で

「なり」「ならん」「ならず」と結ぶ所を、口語の方では「である」「であるだらう」「ではない」といふ風に言ふ。文章語の方は、非常に軽くて簡潔であるのに、口語の方は重苦しくて不愉快で、その上に断定が曖昧ではつきりしない。もつとも同じ口語体でも、かうした演説口調の「である」に比すれば、日常会話語の「です」「でせう」の方は、まだしもずつと軽快であり、耳にも快よい音楽的の響《ひびき》をあたへる。しかし困つたことに、この種の会話語は調子が弱く、卑俗で軟弱の感じをあたへる為に、少しく昂然《こうぜん》とした思想や感情を叙《の》べるに適応しない。（演説や論文が、この会話語の外に「である」体を発明したのは、全く必然の要求から来てゐる。）

要するに、今の日本語といふものは、一体にネバネバして歯切れが悪く、抑揚に欠けて一本調子なのである。そこでこの日本語の欠点を、逆に利用して詩作したのが、僕の旧著「青猫」であつた。と言ふわけは、「青猫」に於ける自分の詩想が、丁度《ちようど》かうした口語の特色と、偶然に符合して居たからであつた。前にも書いたやうに、当時僕は無為のアンニュイの生活をし、ショウペンハウエル的虚無の世界で、寂滅《じやくめつ》為楽《いらく》の夢ばかり見て居た。「青猫」の英語BLUEは、僕の意味で「疲れたる」「怠惰なる」「希望なき」と言ふ意味であつた。かうした僕の心境を表現するには現代口語、特に日常会話語のネバネバした、退屈で歯切れの悪い言葉が適応して居た。文章語では、却《かえ》つて強く弾力的になり過ぎるおそれがあつた。

虚無の朧《おぼろ》げなる柳の影で
艶《なま》めかしくも　ねばねばとしなだれてゐるのですよ。

といふやうな詩想には、かうした抑揚のない、ネバネバした、蜘蛛の巣のからみつくやうな口語体が、最もよく適応して居るのであつた。「青猫」の詩法は、つまり、口語の欠点を逆に利用したやうなものであつた。しかし、それは偶然だつた。「氷島」を書いた頃には、もはや「青猫」の心境は僕になく、それとは逆に、烈しく燃えたつやうな意志があつた。当時の僕は、寂滅無為のアンニュイではなく、敵に対して反噬《はんぜい》するやうな心境だつた。「青猫」の詩語と手法は、もはや僕にとつて何の表現にも役立たなかつた。僕は放浪の旅人のやうに、再度また無一文の裸になつて、空無の中から新しい詩語を創造すべく、あてのない探索の旅に出かけた。そして最後に、悲しく自分の非力を知つてあきらめてしまつた。今日の日本語（口語）で詩を書くことは、当時の心境を表現するべく、僕にとつて力の及ばない絶望事だつた。

何よりも絶望したのは、日本語そのものの組織が、NO, YES, の決定を、章句の最後につけることだつた。例へば「私は梅よりも菊の花の方を好む」といふ場合、最後の終まで待たない内は、「好む」と「好まない」との判定ができないのである。この日本語の曖昧さを、逆にユーモラスに利用したのが、掛合万才《かけあいまんざい》などのやる洒落《しゃれ》である。「私は酒も女も金も欲し」までは、判定がヤアかナインか解らない。そこで「くない」と言ふかと思ふと、意外に「い」と言ふので、皆がどつと笑ふのである。子供の遊び事に、一人が号令をして、一人がその真似をするのがある。「右手を上げて」「左手を上げて」と一人が言ひ、一人がその通りにする。すると今度は「両方のあんよでスッキリ立たずに」と言ふ。最後の「ず」に来る迄《まで》は、否定か肯定か解らないので、つい釣り込まれてスッキリ立つてしまふのである。

この日本語の構成は、意志の断定を強く現はす場合にいちばん困る。例へば「僕はそんなことが大嫌ひだ」といふ場合、否定のNOをいちばん強く、いちばんアクセントをつけて言ひたいのである。然るにその「嫌ひだ」がフレーズの最後に来るので、力がぬけて弱々しいものに感じられる。普通の会話の場合であつたら、それでも用は足りるのだが、言葉の感覚に意味を焼きつける詩の表現では、これが非常に困るのである。これは僕等ばかりでなく、昔の日本の文学者も、同様に困つた問題だつたと思ふ。そこで彼等の文学者は、かうした場合に支那《シナ》語の文法を折衷して、「決して」とか「断じて」とかいふ言葉を、フレーズの前の方に挿入した。例へば「余《よ》の断じて与《くみ》せざる所なり」といふ風に言つた。この「断じて」は、英語のNEVERなどと同じことで、判定の語が出て来る前に、予《あらか》じめ否定を約束して居るのである。そこで読者は、この文を終までよまないでも「余の断じて」迄で否定がはつきりしてしまふ。したがつてまた、NOの否定感情が非常に強く、充分のアクセントを以《もつ》て響くのである。

一体支那語といふものは、英語や独逸語《ドイツ》やの西洋語と、殆《ほと》んどよく類似して居るのである。韻律の性質もよく似て居るし、フレーズの文法的構成もよく似て居る。すべて彼等の言葉では、情意の判定がフレーズの先に来るのであるから、抒情詩など書く場合に非常に都合がよく、思ひ切つて感情を強く言ひ切ることができる。日本語だけが独りこの点で困るのである。それも普通の詩なら好《よ》いけれども、主観的の意志や感情やを、強く断定的に絶叫しようとするやうな抒情詩では、全く以て手足の利かない悩ましさがある。

それ故《ゆえ》日本の文学には、昔から強い意志や感情やを、昂然たる態度で書いたものが甚だすくない。日本の国文学といふものは、文章のスタイルからして女性的である。本居宣長のやうな国学者は、思想上ではエゴの主観を充分発揮し、可成《かなり》情熱的な強いことを書いてるのだが、文章が女性的な大和言葉で、抑揚に乏しくヌルヌルしてゐるので、直覚的には少しも強烈な感銘がない。日本語でこの種の情操を書くためには、厭でも支那語の語脈を取り入れ、いはゆる「漢文調」「漢語調」で書く外はない。幕末革命の志士たちが、好んで漢詩の和訓を吟じ、漢語調で日常の会話をしてゐたのも、上述のやうな日本語の欠点から已むを得ないことであつた。「余の断じて与せざる所なり」といふやうな言葉は、勿論《もちろん》純粋の日本語脈でなく、支那語の文法を自家に折衷したものである。だがそれでなければ、かうした強い感情は言ひ現はせないのだ。

所で僕が「氷島」に書いた詩想は、エゴの強い主観を内部に心境して居るものであつた。それは前の「青猫」のやうに、縹渺《ひようびよう》たる無意志的アンニュイのものでなくして、意志の反噬が強く、断定がはつきりして居るものであつた。僕は詩の各行のいちばん先は、ヤアとナイン、YESとNOの決定語を前置しなければならなかつた。そしてしかもかうした言葉は、昔の純粋な日本語に無く、今の日本語の中にも無かつた。厭でも応でも、僕は漢語調の文章語を選ばねばならなかつた。そこで僕の「氷島」の詩は、殆んどその各行毎《ごと》に、「いかんぞ」「あへて」「断乎として」等の前置詞的NEVERを使用した。

「氷島」の場合、もし僕が漢語調を選ばなかつたら、世のいはゆるプロレタリア詩人や社会主義詩人が書いてゐるやうな、である式演説口調の口語自由詩を作る外なかつたらう。なぜなら今の日本語で、少しく意気昂然たる断定の思想を叙べるためには、かうした演説口調（論文口調と言つても同じである）以外にないからである。しかし僕はおそらくまた決してそれを取らなかつたらう。なぜなら前に言ふ通り、かうした演説口調の言葉といふものは、断定の響が弱く曖昧であり、その上に言葉が非芸術的に重苦しく、到底《とうてい》「美」のスヰートな魅惑と悦《よろこ》び――それが芸術品としての詩に於ける、本質の決定的価値である。――を与へてくれないから。かうした類の言葉は、感性のデリカシイや美意識やを必要としないところの、粗野な政談演説などには適するけれども、芸術品としての詩には不適であり、あまりにラフで粗雑すぎる。すくなくとも僕の神経は、かういふ自由詩の非芸術的粗雑さに耐へられなかつた。

そこで僕は退却を自辱しながら、文語体漢語調を選ぶ外に道がなかつた。単に文法構成の上ばかりでなく、箇々《ここ》の詩語としての単語にあつても、漢語を使ふことが便利であつた。と言ふのは、漢語の発音といふものが、元来アクセントの強い支那の原音を、不完全に直伝したものだけあつて、純粋の日本語に比して調子が高く、抑揚の変化に富んで居るからである。特に断定的（意志的）の強い感情を現はす場合は、それが最もよく適切して居る。前の「青猫」の表現では、柔軟でアクセントのない平仮名が最もよく適して居たが、反対に「氷島」の場合では、多くの漢語と漢字とを用ゐねばならなかつた。

冬の凛烈《りんれつ》たる寒気の中
地球はその週暦を新たにするか。
（新年）

石もて蛇を殺すごとく
一つの輪廻《りんね》を断絶して
意志なき寂寥を踏み切れかし。
（漂泊者の歌）

彼等みな忍従して

人の投げあたへる肉を食らひ
本能の蒼き瞳孔《ひとみ》に
鉄鎖のつながれたる悩みをたへたり。　　（動物園にて）

かうした詩句に於て、「凜烈」「断絶」「忍従」「鉄鎖」等の漢語は、それの意味の上よりも、主として言葉の音韻する響の上で、壮烈なる意志の決断や、鬱積《うつせき》した感情の憂悶やを、感覚的に強く表現しようとしたのである。漢語がかうした詩情の表現に適するのはDanzetsu, Tessa, Ninju等の如く、アクセンチュアルな促音《そくおん》と拗音《ようおん》とに富んでるからである。すべて言語は、促音や拗音の多いほど弾力性が強くなつてくる。然るに純粋の日本語には、この子音の複数的変化といふものが殆んどなく、単一に母音と結びついて「い」「ろ」「は」と成つてるのだから、この点には甚だ単調で変化に乏しいのである。

元来言へば、僕は漢語と漢字の排斥論者である。なぜかと言へば、明治以後に於けるそれの濫用（特に翻案語の過度な濫造）からして、今の日本語がでたらめに混乱し、耳で聴くだけでは意味の通じないやうな言葉、文字に書いて読まなければ、語義を解しないといふやうな、奇怪の視覚的言語になつてしまつたからである。こんな日本語は実用上にも不便であるし、詩の韻律美を守るためにも有害である。この点の理念からして、僕はローマ字論者に七分通り同情して居る。しかし残りの三分だけ反対するのは、今日の場合として、日本語から漢語と漢字（漢語は漢字で書かないと解らない、「鉄鎖」をローマ字でTessaと書いたのでは、何のことか解らない。）を除いてしまふと、後には促音のない平坦の大和言葉しか残らなくなる。それでは「氷島」の詩やニイチェの詩のやうに、弾力的な強い意志を持つた情想が歌へなくなる。強ひて表現しようとすれば、前に言つたプロレタリア自由詩の如く、壮士芝居的口調の政談演説をする外はない。しかしバケツの底を乱暴にひつぱたくのは、芸術上の意味の勇壮美でもなく悲壮美でもない。

つまり僕等の時代の日本人は、日本語そのものに不便を感じて居るのである。僕はかつてこのことを或る親戚の老人に話したら、日本人たる者が、日本語に不便を感ずるなんて馬鹿な話はない。そんなこと考へるのは、お前の頭が異人かぶれをして居るからだと叱られたが、後で考へて全くだと思つた。つまり僕等の時代の日本人は、子供の時から西洋風の教育を受け、半ば西洋化した文化環境に育つた為、文学上に於て思惟すること、感情することが、多くみな西洋人式になつてるのである。然るに今の日本語は、文法上の構成でも、言葉の発音の韻律上でも、依然として昔ながらの日本語である為に、僕等の感情や思想やを表現する時、そこに根本的な矛盾と困惑とが生ずるのである。例へば喉が渇いた時、僕等は「水が欲しい」と言うよりは、「欲しい、水が」と言ひたくなるやうなものである。「欲しい」といふのは、エゴの感情の露骨な主張であり、これが支那語や欧洲語では、最初に強く叫ばれるのである。そして僕等の時代の日本人が、この外国流のエゴイズムと表情主義とに深くかぶれて居るのである。

かうした現状から推察して、日本語の遠い未来は、文体上にも音韻上にも、よほど外国語に近く変化して来ると思ふ。しかし今日火急の場合としては、漢語で間に合はして置く外にない。前に言ふ通り、支那の言葉は本質的に西洋の言葉に似て居るのである。文法もほぼ同じであるし、韻律の構成もほぼ似て居る。僕は今度「氷島」の詩を書いて見て、漢語と独逸語とがよく似て居るのに驚いた。ニイチェは独逸語を悪罵して、軍隊の号令語だと言つて居るが、その意志的で強い響を持つてる所は、実際漢語とよく似て居る。それ故に日本の軍隊では、今日でも専ら漢語を術語用とし、村を村落と言つたり、橋を橋梁と言つたり、家を家屋と言つたりして居る。「はし」と言ふよりは「キョーリョー」と言ふ方が、拗音の関係で強く響き、男性的の軍隊気風に合ふからである。

要するに「氷島」の詩語は、僕にとつての自辱的な「退却」だつた。その点から僕は、この詩集を甚だ不面目に考へてる。その巻頭の序文に於て、一切の芸術的意図を放棄し、ただ心のままに書いたと断つたのも、つまりこの「退却」を江湖《こうこ》の批判に詫びたのである。詩人が詩を作るといふことは、新しい言葉を発見することだと、島崎藤村氏がその本の序文に書いてる。新しい日本語を発見しようとして、絶望的に悶え悩んだあげくの果《はて》、遂に古き日本語の文章語に帰つてしまつた僕は、詩人としての文化的使命を廃棄したやうなものであつた。僕は既に老いた。望むらくは新人出でて、僕の過去の敗北した至難の道を、有為に新しく開拓して進まれんことを。

（『四季』第十九号一九三六年七月号）

『宿命』について

散文詩について

序に代へて

散文詩とは何だらうか。西洋近代に於けるその文学の創見者は、普通にボードレエルだと言はれてゐるが、彼によれば、一定の韻律法則を無視し、自由の散文形式で書きながら、しかも全体に音楽的節奏が高く、且《か》つ芸術美の香気が高い文章を、散文詩と言ふことになるのである。そこでこの観念からすると、今日我が国で普通に自由詩と呼んでる文学中での、特に秀れてやや上乗のもの――不出来のものは純粋の散文で、節奏もなければ芸術美もない――は、西洋詩家の所謂《いわゆる》散文詩に該当するわけである。しかし普通に散文詩と呼んでるものは、さうした文学の形態以外に、どこか文学の内容上でも、普通の詩と異なる点があるやうに思はれる。ツルゲネフの散文詩でも、ボードレエルのそれでも、すべて散文詩と呼ばれるものは、一般に他の純正詩(抒情詩など)に比較して、内容上に観念的、思想的の要素が多く、イマヂスチツクであるよりは、むしろエツセイ的、哲学的の特色を多量に持つてる如く思はれる。そこでこの点の特色から、他の抒情詩等に比較して、散文詩を思想詩、またはエッセイ詩と呼ぶこともできると思ふ。つまり日本の古文学中で、枕草子とか方丈記とか、または徒然草とかいつた類のものが、丁度《ちようど》西洋詩学の散文詩に当るわけなのである。

枕草子や方丈記は、無韻律の散文形式で書いてゐながら、文章それ自身が本質的にポエトリイで、優に節奏の高い律的の調べと、香気の強い芸術美を具備して居《お》り、しかも内容がエッセイ風で、作者の思想する自然観や人生観を独創的にフイロソヒイしたものであるから、正にツルゲネフやボードレエルの散文詩と、文学の本質に於て一致してゐる。ただ日本では、昔から散文詩といふ言葉がないので、この種の文学を随筆、もしくは美文といふ名で呼称して来た。然《しか》るに明治以来近時になつて、日本の散文詩とも言ふべき、この種の伝統文学が中絶してしまつた。もちろん随筆といふ名で呼ばれる文学は、今日も尚《なお》文壇の一隅にあるけれども、それは詩文としての節奏や芸術美を失つたもので、散文詩といふ観念中には、到底《とうてい》所属でき得ないものである。

自分は詩人としての出発以来、一方で抒情詩を書くかたはら、一方でエッセイ風の思想詩やアフオリズムを書きつづけて来た。それらの断章中には、西洋詩家の所謂「散文詩」といふ名称に、多少よく該当するものがないでもない。よつて此所《ここ》に「散文詩集」と名づけ、過去に書いたものの中から、類種の者のみを集めて一冊に編纂《へんさん》した。その集篇中の大分のものは、旧刊「新しき欲情」「虚妄の正義」「絶望の逃走」等から選んだけれども、篇尾に納めた若干のものは、比較的最近の作に属し、単行本としては最初に発表するものである。尚、後半に合編した抒情詩は、「氷島」「青猫」その他の既刊詩集から選出したものである。

（『宿命』創元社一九三九年九月刊）

詩集のデザインについて

自著の装幀について

著者が自分で書物を装幀《そうてい》するといふことは、楽しいことでもあるが、同時に仲々《なかなか》やつかいのことでもある。外国、特に仏蘭西《フランス》あたりでは、読者が自分の好みに応じ、製本屋に托《たく》して本を装幀することになつてるさうである。そこで仏蘭西あたりの文学書は、たいてい黄色の薄紙一枚つけただけの、簡単な仮綴本になつて居《い》るので、甚だ世話がないのであるが、日本にはそんな熱心な愛書家も居ないし、稀《ま》れに居たにしたところで、そんな面倒な個人的な注文などを、芸術的良心で引き受けてくれる製本屋がない。日本の出版物は、やはり始《はじめ》から本格的に装幀して出す外にない。

いつかも他の随筆で書いたことだが、本の装幀といふものは、絵に於ける額縁みたいなものである。額縁それ自身が美術品として独立したものではなく、内容の絵と調和し、内容を引き立てることによつて、補助的の効果性をもつのである。だから最良の装幀者は、内容を最もよく理解してゐる人、即《すなわ》ち著者自身だといふことになる。

しかし前に書いたやうに、著者が自分で装幀するといふことは、仲々やつかいなことでもある。特に絵心のない著者にとつて、この仕事は一層に困難である。そこでいちばん善《よ》い方法は、自分の芸術をよく理解してくれる画家を見つけて、一切《いつさい》表装等をたのむのである。私自身の場合で言ふと、処女詩集の「月に吠える」がそれであつた。この本の表紙は、当時僕等の同人雑誌「感情」の同人であり、詩人にして画家を兼ねた恩地《おんち》孝四郎君にたのみ、中の挿絵や口絵やは、当時画壇の鬼才と言はれ、日本のビアヅレに譬《たと》へられた病画家の田中恭吉君にたのんだ。二人共僕の詩をよく理解してくれたので、成績は十分以上の出来であつた。特に田中君の病的な絵は、内容の詩とぴつたり合つて、まことに完全な装幀だつた。

最近に出した自分の本では、版画荘から出版した「猫町」が同じであつた。この本の表装は、版画家の川上澄生《すみお》氏にたのんだ。僕がこの本を版画荘から出したのも、実は同書店の店頭で、偶然に川上氏の版画を見たからだつた。（それ迄《まで》僕は版画荘といふ本屋を全く知らなかつた）川上氏の「ゑげれすいろは人物」といふ絵本を見た時、何かこの画家のもつてる文学的郷愁が、僕のファンタジアと共通する点のあるのを感じた。しかしまた他の点で、いささか一致できない点のあるのも知つた。そこで川上氏と書簡で往信し、絵のプランを示して先方の理解を求め、相互の食ひちがひを妥協調和するやうに望んだところ、川上氏の方では快よく承諾され、僕が予期した以上に自分の芸術意図を的確につかんで描いてくれた。あの「猫町」の表装は、僕の従来出した本の中で、いちばん自分の気に入つてる。

最近第一書房から出した「郷愁の詩人与謝蕪村」も、同じ仕方によつて川上澄生氏に表装してもらつた。これも僕の方でプランを示し、川上氏に画筆を取つてもらつたのだが、川上氏がよく僕の意図する所を理解し、的確に自分の詩精神をつかんで表現してくれるには、いつも乍《なが》ら敬嘆する。この人は宇都宮の中学で英語の教師をつとめ、版画の方は半ば好事的にやつて居られるのだが、詩的精神の高く、秀れて居ることで、おそらく版画家中の第一人者ではないかと思ふ。

その他の僕の本で、画家に装幀を任せたのは、今度増刷になつた「氷島」の新しい改装本である。この改装は第一書房の希望でしたので、表装者の選定なども、全く書房の方に一任したのであつたが、新版の出来上りを見て、すつかり気に入つてしまつた。表装者は阿部金剛氏で、二科の画家として知名の人であるさうだが、その方面に迂《うと》い僕は、今迄全く知らないことであつた。全然未知の人に他人任せで装禎を一任して、しかもその結果が自分の意図と符節するのは、それが偶然事に思はれるだけ、一層また著者にとつて嬉しいのである。

以上の外に、近日出る予定の新装本「絶望の逃走」増刷分を、やはり版画家の逸見享《へんみたかし》氏に描いてもらつた。逸見氏は僕の家のすぐ近所に住んで居るので、日常逢《あ》ふ機会が多くこつちも勝手なことが注文できて便利（と言つては失礼だが）なので、近頃の新版本の表装などを、色々面倒かけて描いてもらつて居る。

著者にとつては、自分のプランしてゐる画の注文をよく理解して忠実に描いてくれる画家が、何よりいちばんありがたいのである。

全然画家の手を煩はさず、一切自分で装幀した本は、僕の著書の中で次のものだけである。

青猫（初版）　新潮社
純情小曲集　新潮社
定本　青猫　版画荘
虚妄の正義（初版、改装版）　第一書房
氷島（初版）　第一書房
純正詩論（初版）　第一書房
絶望の逃走（初版、再版）　第一書房
廊下と室房（初版）　第一書房

この中、自分で成功したと思つたのは「定本青猫」と「氷島」と「虚妄の正義」の初版であり、失敗したと思つたのは「純情小曲集」と「絶望の逃走」の初版、再版であつた。その他は先《ま》づ中等の出来であつた。最後の、「廊下と室房」は、内容が自叙伝風の随筆であり、僕の個性的人物を前に置いて、親しく友人等と紅茶でも飲みながら話すやうなものであつたので、特に喫茶店風の気分を匂はすやうに表装した。「氷島」と「純正詩論」の表紙は、明治初年の法律書から暗示を受けてイミテートした。此等《これら》の本で明治時代を表象したのは、一方から言へば僕の趣味性だが、一方から言へば特に観念的に意識するところがあつてしたのである。
「詩の原理」「新しき欲情」「恋愛名歌集」「萩原朔太郎詩集」等の装禎は、すべて皆発行書房に一任した。装幀を発行所に一任するのは、いちばん気楽で世話がない方法だが、その代りに出来の成績も概《がい》して気に入らないことが多い。やはり自信のある芸術的の本は、著者が自分で装幀する方が好《よ》い。しかしこの場合にも、出版書房の意気込が、著者とよく合はなければ駄目である。特に凝《こ》つた趣味の本は尚更《なおさ》らである。僕の自装本の中で、「定本青猫」がこの成功した好例で、出版所の版画荘主人が、気の毒なほど熱心に尽力して、僕の思ふ通りにこさへてくれた。

（『書物新潮』一九三六年九月号）

「純正詩論」の装幀について

「純正詩論」の装幀《そうてい》は、わざと僕の新刊詩集「氷島」と同じにした。その理由は、僕の詩作品と僕の詩論とが、精神に於て不離の関係にあるからである。詩集「氷島」に於て、僕はニヒルの懐疑に疲れた魂の詠嘆、家郷なき漂泊者の悲哀を歌つた。同様にまた詩論集に於て、僕はその同じ懐疑と詠嘆を繰返して居《い》る。ただ両者の異なる所は、前者が個人生活に関する主観的の抒情詩であり、後者が対詩壇的、対社会的の客観認識による論文である点にすぎない。現代日本の詩と詩人とは、発生論的にも形態論的にも、全くその指示すべき目標を見失つてゐる。今日の詩と詩人ほど、深酷な絶望的懐疑に悩んでるものはない。彼等は全く「家郷を持たない」文学上の漂泊者である。そこで僕の私生活に於ける魂の悲しみが、それ自らまた偶然にも詩壇全体の文学的悲哀と一致し、僕の抒情詩と僕の論文とが、結局一つの同じテーマに帰結したわけである。

それ故《ゆえ》「純正詩論」の標題も、始めは「さ迷へる詩人群」としたのであるが、小説本と誤られ易《やす》いといふ出版者の注意によつて、特に詩論集の内容を明示する題に改訂した。その代りに装幀の方を「氷島」と同じにして、両者の精神の相関する所を暗に示した。この装幀は明治初年の法律書から指示を受けた。その明治時代の法律書は、西洋の法律書の規定的形式となつてる表装を、そのまま直訳したものであつた。今日の日本詩壇と日本文化とは、本質上の意味に於て行政司法の秩序が欠けてる。我々の求めて居るものは「法律」なのである。あへて西洋法律書の古典的な装幀を、自分の詩集と詩論集とに用ゐた理由である。

（『レツェンゾ』一九三五年六月号）

叙情詩物語　より

どこに幸福といふものがあるのだらう。かつてはそれにあこがれてゐた。夢のやうな、とりとめもない、いろいろな幸福の幻影に。

昔は恋を恋してゐた。土筆《つくし》や蒲公英《たんぽぽ》の生える野原に、一人口笛を吹いて寝ころびながら、あてもない恋人の来るの日を待つてゐた。けれども生れつきの臆病で、内気で、恥かしがりの私に、どうしてそんな冒険ができるだらうか。少女等は手をつないで、嬉々として戯れながら、春の幔幕《まんまく》にゆらゆらしてゐる野原の向うへ行つてしまつた。

故郷の田舎にむなしく埋れて、私は既に老いてしまつた。恋人もなく、希望もなく、これといふ仕事や職業もなく、畑の土くさい野鼠みたいに、路傍に空しく老いてしまつた。ああ私は野鼠！畑の乾からびた草でも嚙じつて居《い》よう。どこに幸福があつたらうか？　みんな熱情は風のやうに消えてしまつた。さうして取りかへしのつかない悔恨ばかりが、ふたたび帰らない人生を呼ばうとして、落ちぶれはてた私のづぼんに、よごれた涙をながしてゐる。

野鼠

どこに私等の幸福があるのだらう
泥土《でいど》の砂を掘れば掘るほど
悲しみはいよいよ深く湧いてくるではないか。
春は幔幕の影にゆらゆらとして
遠く俥《くるま》にゆすられながら行つてしまつた。
どこに私らの恋人があるのだらう
ばうばうとした野原に立つて口笛を吹いてみても
もう永遠に空想の娘らは来やしない。
涙によごれためるとんのづぼんをはいて
私は日《ひ》傭人《ようとり》のやうに歩いてゐる
ああもう希望もない　名誉もない　未来もない。
さうしてとりかへしのつかない悔恨ばかりが

野鼠のやうに走つて行つた。（詩集「青猫」から）

結婚！　何といふ人生の寂しさだらう。家族等のつながる鎖、みじめな世帯、すべての空想と夢の墓場！　ともあれ人々のするやうに、私もまたしなければならなかつた。さうして田舎の藁《わら》葺《ぶき》の家の中で、母と子と、親と妻と、家族と家族との結ばれてる、薄暗く陰気な燈火の影で、古い日本の伝統してゐる、さまざまな暗い思ひを感じつくした。

六月の照りつけた日が、沼のやうに田舎の空気を沈鬱させた。私と妻とは、黙つて日向《ひなた》の畔道《あぜみち》を歩いてゐた。日は路傍に輝やき、あたりはひつそりとして、畑の土くさい臭ひがひろがつてゐた。

『何の行楽だらう！』

私は心にそつとつぶやいた。田舎の生活の単調から、せめては半日の行楽をしようとしたのに、暑苦しい田畑の眺めは、単調からよけいに心を重たくする。畔道には馬秣《まぐさ》が積まれ、埃《ほこり》によごれた雑草の叢《くさむら》に蠅が飛んでゐた。

話すこともなく、黙つて二人は道ばたの畔に坐つてゐた。私たちは疲れてゐた。互に重苦しい気分を感じながら、言ふことのできない心の空虚を見つめ合つた。女は黙つて、洋傘の先で土を掘つくり返してゐた。土は乾からび、田の畔にはしなびた菫《すみれ》が咲いてゐた。そこには小さな青蛙が、白い腹をあふむけにし、天日に照らされて横たはつてゐた。黒く、みすぼらしく、木乃伊《ミイラ》のやうになつて死んでゐた。ずつと久しい以前から、いつまでもいつまでも死んでゐたのだ。
何といふ退屈だらう！　充たされない人生だらう！　どうしてこの生活の空虚をふさげば好《よ》いのだ。遊戯も、冗談も、行楽も、もはや私たちには必要がない。いつさいの戯れを捨ててしまへ。生活は既に失はれた。何物も既に失はれた。

まづしき展望

まづしき田舎に行きしが
かわける馬秣《まぐさ》を積みたり
雑草の道に生えて
道に蠅のむらがり
くるしき埃のにほひを感ず。
ひねもす疲れて畔《あぜ》に居しに
君はきやしやなる洋傘《かさ》の先もて
死にたる蛙を畔に指せり。

げにけふの思ひは悩みに暗く
そはおもたく沼地に渇きて苦痛なり
いづこに空虚のみつべきありや
風なき野道に遊戯をすてよ
われらの生活は失踪せり。

（詩集「蝶を夢む」から）

それは空想に浮んでくる、白昼の夢のやうでもあるが、もしかしたら本当に、遠い遠い私の過去で、実際にあつたことの記憶のやうにも思はれる。

遠い記憶の夢の中で、私は美しい町に住んでゐた。そこは海に近い別荘地帯で、小ぢんまりした洋風の家々が、町の区画にしたがつて規則正しく並んでゐた。私は学生帽子をかぶつて、町をはづれた海岸の方へ遊びに行つた。その海岸にはホテルがあり、新しい球突場の招牌《かんばん》などが、人気《ひとけ》のない松林の中でちらちらしてゐた。

日曜日に、私はひとりでその松林の中へ歩いて行つた。そこにはきれいに手入れの届いた、しつとりとした林間の道があり、無限に奥深く、どこまでもどこまでも続いてゐた。私は空想に耽《ふけ》りながら、静寂とした林の中へ、次第に深く迷ひこんだ。空には薄い雲がながれて、鳥が方々で囀《さえず》つてゐる。自然は実にひつそりしてゐて、閑静な空気が松の梢にただよつてゐた。

ふと林の木蔭に、白亜の夢のやうな家屋をみた。それは木造の田舎びた西洋館で、まだ新しく、ペンキや材木の匂ひがさはやかだつた。私は道をわけながら近づいて行つた。さうしてRestaurantの招牌《かんばん》を二階の露台の窓口に見た。

そこの入口から、広いベランダにつづいてゐて、庭にはコスモスの花が吹き乱れてゐた。いくつかの夏らしい籐椅子を並べて、涼しい食堂のやうに出来て居た。空の白雲の動く下で、遠く林の向うに見える海の青さを感じながら、しづかに私はナイフとフオークを動かしてゐた。人気もなく、夢のやうに閑静な林間の料理屋である。

日曜日に、いつも私はそこを訪ねた。何よりもその食慾が、私を力強く誘惑した。おいしく、甘く、クリームでどろどろに溶かされてゐる鳥肉や卵の味が、どうしても私の味覚から忘れられなかつた。これほどにもおいしい洋食が、世の中にあることを知らなかつた。しかし皿の中には、たつた一口ほどの肉しか盛られて居なかつた。だから私の食慾は満足せず、いつも残りの皿やナイフを意地きたなく嘗《な》めまはした。私の学生の財布としては、たいへんに高価すぎる上等の料理だから。

さうして！　ああ私はあの娘を忘れない。何といふのおぶるで、典雅で、美しく、情熱にみちた娘であつたらう。白昼の、人気のない、林間料理店のベランダで、涼しい籐椅子にもたれながら、彼女は私の側に雑誌を読んでゐた。

私は彼女を「海」と呼んだ。なぜならば、本当に海のやうに晴々しく、澄んだ大きな眼をもつてゐて、青空の地平の向うへ、遠いあこがれを夢みるやうな娘だつたから。何よりも彼女は高貴であつた。貴婦人のやうに高貴であつた。彼女がセリー酒の盃をもつて近づくとき、私はろべりやの花のほんのりした匂ひをかいだ。その花は庭の花園で、露台から見える所にも咲き匂つてゐた。

遠い遠い記憶の向うで、私の夢が失踪してゐる。ああしかし、それは夢だつたらうか？　私の過ぎ去つた時間の向うで、過去に「あつた」ことだらうか？　それとも実は過去になくして、現在の私に「ある」ことだらうか？　もしくは未来に、いつか「あるべき」ことだらうか？　否々、すべてが皆はかなき痴人の幻想であり、とりとめもない夢の事実にすぎないだらうか？

ともあれ私はその食慾を忘れない。彼女はこの世に居ないであらう。そして海と名づけるやさしい少女が、今も昔も永遠に私の側で沈黙してゐる。彼女はこの世に居ないであらう。しかしながら空間でなく時間でなく、すべての現象の彼岸に於て、私の中の林間珈琲店《カフエ》は実在してゐる。

閑雅な食慾

松林の中を歩いて

あかるい気分の珈琲店《かふえ》をみた。
遠く市街を離れたところで
だれも訪づれてくるひとさへなく
林間の　かくされた　追憶の夢の中の珈琲店《かふえ》である。
少女は恋恋の羞をふくんで
あけぼののやうに爽快な　別製の皿を運んでくる仕組
私はゆつたりとふほふくを取つて
おむれつ　ふらいの類を食べた。
空には白い雲が浮んで
たいそう閑雅な食慾である。

（詩集「青猫」から）

附記

詩の説明は蛇足であり、却《かえ》つて実の詩情を壊すばかりだ。詩は解説すべきものでない。しかし創作の動機してゐる生活事情や、それの聯想《れんそう》してゐる気分などを、打ちまけて語ることには、或る別な意味があるやうに思はれる。これはその意味で書いた。解説ではない。しかし初学者には何かの便宜をあたへるだらう。

（『令女界』一九二六年七月号）

叙情詩物語
（古風な博覧会）

西暦一八××年。第一回の博覧会が上野にひらかれた時であつた。いやそれが記憶のちがひであつた。実は博覧会などのまだ無かつた、ずつとずつと昔であつたか知らない。遠い子供の時のことは、記憶が夢の中に入り混つて、かなしく捕へどころがないのだから。

私は母に手をひかれて、始めて東京へ見物にきた。新しい晴着の袷《あわせ》に樟脳《しようのう》の臭ひが強く沁《し》みてゐた。母は着付の乱れを気にして、絶えず私に注意してゐた。私は田舎の子供らしくきちんとして、車室の一隅に坐つてゐた。

汽車が上野についた時、私は始めて東京の空をみた。あこがれ焦《こ》がれ、幾度か夢にみた大都会の空を見た。その空の色は青明で、はてしもなき都会の上にひろがつてゐた。どこへ私等は行くのだらう。どこもかしこも茫々《ぼうぼう》として、方角すらも判らないやうに思はれた。そして幻燈のやうな巷《ちまた》の中を、馬車や群集やがぞろぞろと歩いてゐた。

母は人力車を呼んだ。赤い毛布をもつた二人の男が、私等の膝をそれで包んだ。大きな高い車輪の上から、私は街々の家並を見た。商家は商家に軒を並べ、窓にはぎやまんの玻璃を飾り、ふしぎな自動人形や、名も知らない珍らしい物を飾つて居《い》た。

西暦一八××年。東京上野の池の端に、夢のやうな博覧会の景色が浮んだ。遠く地平の空の背後に、それの大きな正門が建つてゐた。門の前には群集がちらばらして、秋の日の侘《わび》しい日ざしが、池のほとりの落葉に散つてゐた。私は母に手をひかれて、正門の中にまぎれて行つた。

青明に澄んだ空の下に、夢のやうな風船が浮んでゐた。永遠に、永遠に、大気の中でそれが氷つて居るやうに思はれた。

『どうしてあの風船はぢつとしてゐるの？』

私は怪しんで母にたづねた。

欧《おう》洲《しう》理《り》学《がく》の新《しん》発《はつ》明《めい》
宇《う》宙《ちう》月《げつ》世《せ》界《かい》見《けん》物《ぶつ》
不《ふ》思《し》議《ぎ》館《くわん》

博覧会の中にあつて、それは奇妙な建物だつた。まるで小山のやうに大きい、丸い地球の形をしてゐた。中央の所に赤道がある、それが帯のやうに取り巻いてゐた。入口の小さな窓をくぐつて、私等は地球の中へ這入《はい》つて行つた。中は夜の様に真闇《まつくら》だつた。

『これよりエレキテールの仕掛けにより、宇宙天体の不思議をご覧に入れます。』

説明する男がさう言ふと、どこからか青白い光線がさして来た。空いつぱいに無限の果しない夜の景色が現はれた。限知れぬ多くの星が、大空の穹窿《きゆうりゆう》の上で輝いてゐた。

『向うに見えるは天王星、こちらに見えるは火星であります。これより風船に乗り天体旅行に移ります。』

すると奇怪な光景が起つてきた。空の星が次第に地球に近づいてくるのである。始め遠方に見えてた月が、次第に大きく近づいてきて、やがて空いちめんの火の玉になつてしまつた。真闇な夜天の空に、巨怪のやうな妖星が輝やいてゐるのを見るとき、私は天体の落ちてくる恐怖を感じて、ふしぎな気味の悪い悪感にふるへた。

『夢のやうで気味が悪い。』

さう言つて母も私の手を引いた。夢魔の脅えから醒めるやうに、私共は急いで不思議館の外へ出た。外には秋の暖かい光がさして、博覧会の建物が城のやうに並んでゐた。

パノラマ館の家根の上には、緑の旗がへんぽんと翻《ひるが》へつてゐた。その旗には欧風文字でPanorama

と書いてあつた。

暗い人口の梯子《はしご》を登つて、穴倉のやうな地下道を手探りで進んで行つた。不意に私たちの頭の上に、ふしぎな明るい青空が現はれた。何といふ美しい青空だらう。いつも見る空とはちがつて、奇妙に明るく透明で、しかも限りなく物静かに侘しげである。私は遠い穹窿のどこかから、ほのかにさしてくる光線のかげを感じた。それは青ざめた寂しい光で、瓦斯《ガス》体の靄《もや》のやうにたちこめて居た。

青空の地平の果《はて》は、見渡す限り一面の広い平野だつた。ああ南欧羅巴《ヨーロッパ》の大平原！　六月初夏のまぶしい日光！　いま私の前にひらけた景色は、あのナポレオンの戦場ワーテルローであつたのだ。遠く村道を逃げ行く軍馬。追撃する騎兵の一除。近くの村落は打ち壊され、農家の壁が落ちかかつてゐる。草むらの中に倒れた死骸。飛び散る鮮血。帽子。太鼓。打ちくだかれた砲車の破片。『ああ、ああ、歴史は忘れ行く夢の如し。時は千八百十五年、所は仏蘭西《フランス》のワーテルロー、かなたに遠く見える一葦《いちい》の水はマース河……』

突然私の耳のそばで、低くもの倦《う》げなバスの声がした。説明者が鞭をもつて指してゐる地平の遙か向うは、夢のやうな山脈が続いてゐて、光をうけた白雲が浮んでゐる。平野の所々に砲煙が立ちのぼつて、永遠に、永遠にぢつとしてゐる。時の断絶した宇宙の中で、行くことも去ることもなく、無限にさまよつてゐる煙である。

ど、ど、どん。どん、どぼおん！

鈍く空気を動かす砲声が、地平の方から絶えず幽《かす》かに響いてくる。地下道を登つてくる見物人の足音を、反響によつて大砲のやうに聞かすのである。

ど、ど、どん。どん、どぼおん！

『ああ、ああ、歴史は忘れ行く夢の如し。時は千八百十五年……』

悲しき仏蘭西兵の敗軍よ。白の胸襷《むねたすき》を十字にかけた一隊は、三角帽を被つた英吉利《イギリス》兵の右翼に向つて突進してゐる。畑の畔道《あぜみち》にそうて砲車の列がしかれて居る。遠く一里の外に連なる戦線。悲しき平野に迷ふ砲煙！　青色のさびしい光の下で、どこからともなくオルゴールの音が聴えてくる。

『ああ、ああ、歴史は忘れ行く夢の如し……』

古風な博覧会

かなしく　ぼんやりとした光線のさす所で
円頂塔《どうむ》は円頂塔《どうむ》の上に重なり
それが遠い山脈の方まで続いてゐるではないか。

なんたるさびしげな青空だらう
透き通つた硝子《ガラス》張りの虚空の下《もと》で
あまたの不思議なる建築が格闘し
建築の腕と腕とが組み合つてゐる。
しづかなるこの博覧会の景色の中を
かしこに遠く、正門をすぎて人々の影は空にちらばふ。
なんたる夢のやうな群集だらう。
そこでは文明のふしぎなる幻燈機械や
天体旅行の奇妙な見世物をのぞき歩く。
西暦千八百十年頃の仏蘭西巴里市《フランスパリー》を見せるパノラマ館の裏口から
人の知らない秘密の抜裏《ぬけうら》「時」の胎内へもぐり込んだ。
ああこの消亡をだれが知るか？
円頂塔《どうむ》の上に円頂塔《どうむ》が重なり
無限にはるかなる地平の空で
日ざしは悲しげにただよつてゐる。

（『令女界』一九二六年十二月号）

解説

萩原朔太郎と西脇順三郎——詩学を相照らす二つの鍵

栗原飛宇馬

萩原朔太郎と西脇順三郎、あるいは、朔太郎と日本のモダニズム詩派との関係は、単なる対立関係では括れない複雑なものをはらんでいる。昭和初期に隆起した日本のモダニズム詩派を軽薄な西洋模倣として真っ向から否定した朔太郎だが、当の朔太郎自身、モダニズムの先駆とも呼べる側面を多分に有しているからだ。

それは「日本に於ける未来派」として山村暮鳥《ぼちょう》を評価する批評眼に端的に表れているし、萩原恭次郎のダダイズム・アナーキズムに自身との共通を感じる（「詩集　断片を評す」）と表明する点にも見てとれるだろう。しかも、手放しで暮鳥や恭次郎を称賛するのではなく、ある危うさを表明しつつ、彼らの詩の魅力を称揚している。未来派やダダといった、モダニズムの嚆矢とされるアヴァンギャルドの潮流に、いち早く透徹した理解と批評とを示したのが朔太郎なのである。

その慧眼もさることながら、実作の面でも朔太郎の詩にモダニズムの先駆を見る向きは多い。例えば月村麗子は、朔太郎がアンドレ・ブルトンよりも早く、第一詩集『月に吠える』成立期に無意識による自動記述を実践していることに注目し、さらには西欧のシュルレアリストたちのバイブルだったロートレアモン『マルドロールの歌』との類似を指摘している（「シュルリアリズムの絵を先取りした朔太郎の詩」）。

あるいは、大岡信が「朔太郎問題」で注目した「聖餐余録《せいさんよろく》」等の詩を想起してもいいだろう。それらは朔太郎が暮鳥、室生犀星らと盛んに影響を受けあっていた時期の詩群であり、大岡は、それらの詩が『月に吠える』に収録されなかった理由を考察し、そこで放棄された新しいスタイルが、西脇順三郎によって新たに継承された可能性＝両者の内的連関性に言及している。さらに、北川透はその時期の朔太郎たちの動態を「言語革命」と名付け、今日の現代詩の問題に通ずる、詩の言語の革新を秘めた磁場として考察している（『萩原朔太郎〈言語革命〉論』）。

このように朔太郎には「抒情と音楽性を重視した象徴派詩人」といった一般に流布した評価に収まらない、広義のモダニズムの系譜に位置づけられる先駆性が多分に見受けられるのである。それは朔太郎の切実な実存の危機から生まれたもので、単なる西洋模倣とは一線を画すものだろう。だが、春山行夫ら若い世代のモダニストたちはその先駆性を微塵も認めず、朔太郎を旧時代の詩人として徹底的に攻撃した。朔太郎と春山の互いの詩学をめぐる応酬は実に十年にもわたって繰り広げられ、泥仕合の様相を呈《てい》するようになる。

こうした朔太郎批判は戦後も継承され、朔太郎の詩に見られるイマジズムの側面も、感傷性に偏ったものとして、モダニズムの詩とは相容れないものと見なされてきた。戦後詩を牽引した荒地派の鮎川信夫は、少年期、朔太郎の詩に衝撃を受けて詩作を始めたものの「その影響は、比較的短期間のうちに、あとかたもなく消え去ってしまった」(「朔太郎考」)という。その鮎川に「ウエットな日本的感性の詩とはちがった、明るい、エキゾティックな感覚の詩の美しさ」を示したのが、春山らモダニスト達の理論的支柱と目されていた西脇順三郎であった(「西脇順三郎」)。

したがって、朔太郎詩の感傷性、ひいては湿っぽい日本的な叙情の否定がモダニズム詩派の出発点ということになるのだが、興味深いことに、その祖である西脇順三郎が師と仰いだ詩人こそ、ほかならぬ萩原朔太郎なのである。それまで外国語で詩作していた西脇が、日本語で詩が書けることに目覚めたきっかけが『月に吠える』の読書体験であった。その内実は彼の「MAISTER 萩原と僕」や「萩原朔太郎」「グロテスク・アート——朔太郎の場合」等に詳《くわ》しいが、他にもこの詩人の朔太郎への並ならぬ想いを伝えるエピソードがある。

西脇も会長を務めた萩原朔太郎研究会の会報によれば、ある時、蔵原伸二郎が西脇に「萩原さんをどうお思いになりますか」と尋ねると「君なに言つてるんだ、萩原朔太郎は日本で只一人の詩人じやないか」と言ったという(八号)。同会の会長就任を打診された際も「他のことならお断りするが、萩原さんの会のことならお引き受けします」と承諾したと伝えられている(三五号)。鮎川とは対照的に、西脇は終生、朔太郎の人と文学に敬意を持ち続けたのである。

けれども、ここが両者の関係の一筋縄でいかないところだが、その西脇を朔太郎は、ポエジーの本質を理解しない「感覚脱落者」と呼び、彼の詩論を「ソフイスト流の奇説」と難じている（「西脇順三郎氏の詩論」）。西脇の「理性的聡明さ」を高く評価し、日常生活でも「四時酒」と称して明るいうちから二人で呑みに行く間柄でありながら、その詩学に関しては断じて承服できないものが朔太郎にはあったらしい。

一方の西脇も「MAISTER 萩原と僕」では朔太郎を師と仰ぎながら「先生の人生哲学はしかし単に現在の僕の頭には大きすぎる」と述べ、朔太郎の説く詩の本質をやんわりと拒絶している。西脇のこの発言は、朔太郎を敬して遠ざけているようにも見え、両者の間の断絶を物語っているかのようだ。

だが、一見相反するかに見える両者に何かしら相通ずるものがあることは、先の大岡信をはじめ、すでに諸家による複数の指摘がある。ここでは特に、筑摩書房版『萩原朔太郎全集』第十二巻所収の「未発表ノート」に注目した新倉俊一の考察を見ていきたい。

朔太郎が「詩とは何か」という問題を考え続け、およそ十年の歳月をかけて大著『詩の原理』をまとめたことはよく知られているが、その過程において哲学や美学の概説書を読みあさっていたことは、久保忠夫の先駆的な研究のほかは、ごく稀《まれ》にしか言及されてこなかった。実は朔太郎には、全集第十五巻に「認識論・芸術論に関するもの」としてまとめられた「未発表原稿」があり、「未発表ノート」はその下書きや読書メモと考えられている。

興味深いのは、この「未発表原稿」が詩の原理だけに留まらず「芸術家のふしぎなる智慧《ちえ》」を解明しようとしていることだ。朔太郎は詩を詩として感じる根拠、ひいては芸術を芸術として感じる根拠を「芸術的認識」（「芸術的直感」「智的直感」とも呼んでいる）に求め、人間の認識のメカニズムを解き明かすことで芸術の原理を論証しようとした。「未発表ノート」に残されたおびただしい読書メモは、朔太郎がその思索のために当時の哲学、とりわけ認識論にまつわる書物を読み漁ったことを示している。

新倉俊一「萩原朔太郎と西脇順三郎(1)」（『南方』三七号）はそこに記されたベルクソン哲学のメモに注目し、朔太郎と西脇の詩学に共通するその影響を論じている。「詩とはこのつまらない現実を一種独特の興味（不思議な快感）をもって意識さす一つの方法である」（『超現実主義詩論』）という西脇詩学の重要なテーゼは、新倉によればT・E・ヒューム『思索集《スペキュレーションズ》』に由来《ゆらい》するもので、これはヒュームがベルクソンの直観説から導き出したものであった。西脇は当時の流行思潮であったベルクソン哲学を大学の講義で学ぶだけでなく、ヒュームの芸術論からも摂取していたのである。

ヒュームや西脇によれば、「習慣」によって現実がつまらなくなるのであり、芸術は「習慣を破ること」で新鮮な意識をもたらすという。朔太郎もベルクソンの認識論から同様の説を「未発表ノート」にメモしている。なぜ「習慣」が現実をつまらなくするかといえば、それが私たちの固有の経験をあるがままに捉《とら》えるのではなく、類型化された「概念」に結びつけて認識したものだからだ。この「概念」による認識をめぐって、朔太郎はさらに「未発表原稿」で様々な例を挙げ、その虚偽性を論じている。

「力にみちたもの」は「軟弱なるもの」でない。この二つの概念は反対である。しかるに歌麿の美人画に於ける線の如きは、限りなく軟弱であつて限りなく力に充ちてゐる。その一つの線の中から、吾人は「軟弱」と「剛健」との矛盾せるものを同時に感じ得るのである。（「推理の虚偽」傍点＝朔太郎）

「軟弱」や「剛健」といった「概念」では、歌麿の美人画の一面しか捉えることができず、私たちがその画から感じた全体を摑むことはできない。だが、朔太郎によれば、私たちの感性は認識の出発点において、言葉にできないだけで対象全体を感得しているという。それを「概念」に結びつけてしまうから、対象そのものの一面しか捉えられないというのである。したがって「概念」によらない認識こそ、朔太郎が求める芸術の根拠だといえよう。

一見、真逆のように思える朔太郎と西脇の詩学だが、この「概念」の否定という一点に着目すれば、両者を結ぶ糸がありありと見えてくる。西脇が詩の方法としてくり返し語っている「遠いものの連結」とは、通常の「概念」によらない認識の方法なのだ。また、西脇は『純粋な鶯《うぐいす》』において「論理学などでいう抽象概念と称するものも我々のimagesの世界から見れば一つの感覚上の存在にすぎない」と言い「詩は論理的な思考でなく、感覚的な思考の世界である」と述べている。朔太郎は認識の原初における感性の働きを絶対視したが、その点で両者の立脚地に隔たりはない。朔太郎が芸術的認識の絶対性を論証しようと苦闘したのに対し、西脇はその問題を一切問わず、ただその方法だけを示すのである。

このように見ていくと、西脇が朔太郎の詩だけでなく「詩的態度」や「哲学」をも奉戴していたというのも納得がいくだろう。朔太郎は詩の出発点としての、自らが感じたことの絶対性を生涯手放さなかったが、同様に西脇もまた、朔太郎の詩から感受した方法を決して譲らなかった。詩の方法それ自体が詩なのだと西脇が説くとき、その根底にあるのは彼の朔太郎体験なのだ。

萩原朔太郎と西脇順三郎の詩学。その関係を百田宗治は流派の違いと呼び、新倉俊一は新旧の詩学の対立と評した。だが実のところ、両者の論を対比することで、それぞれの詩の在処がくっきりと浮かび上がってくる。両者の存在は、互いにそれぞれの詩学を解き明かす二つの鍵なのである。

解説・解題

〝詩が導いて行くところへ直行しよう〟

安　智史

萩原朔太郎（一八八六〜一九四二）は、近代の日本語詩史に屹立《きつりつ》する詩人であり、詩論家、エッセイストである。ただしそれは、彼が生涯敬意をしめした北原白秋のように日本語、日本文化の歴史をほめたたえた、ということではない。

むしろ朔太郎は、日本語・文学・文化とその歴史の問題点を自覚し、それと生涯、対峙しつづけた詩人である。彼は近代詩人の代表としてボードレールを敬愛していた。それはボードレールが、官能的世界への惑溺を歌いつつ、一方では冷徹な批評家としての精神を失わない「傷《いた》ましい近代的の悲哀」（朔太郎「シャルル・ボドレエル」アフォリズム集『新しき欲情』所収）を体現する詩人であり、詩人批評家として朔太郎の先達であったからだ。日本の近現代文学、文化と向き合うとき、私たちは繰り返し、朔太郎の言葉に立ち返らずにはいられない。

以下、収録の各エッセイについての解説・解題を付していこう（全集の書誌情報の誤りの訂正も含む）。

なお、朔太郎の詩集やアフォリズム、詩論集など、生前主要著作の刊行年・出版社は巻末に一括して記したので、適宜、参照いただきたい。

Ⅰ　詩の鑑賞・詩の理論・ことば

第Ⅰ部には、朔太郎の注目した詩人たちの詩篇の鑑賞を中心に、ユニークな日本語論と「詩の作り方」に仮託した詩人論を収録した。紙幅の都合のため、朔太郎の生涯の親友・室生犀星についてのエッセイをあまり収録できなかったが、それについては、朔太郎と犀星がお互いについて記したエッセイを集成した中公文庫『二魂一体の友』（二〇二一年）を参照いただきたい。

冒頭に置いた「**詩の作り方**」は、皮肉のきいたタイトルに仮託して「詩人」のありかた（存在論）を軽やかに展開した好エッセイ。本書のタイトル「詩人はすべて宿命である」もこの本文中からとった。ポオの「大鴉」自釈自註については第Ⅲ部「『青猫』について」解説・解題を参照。なお、朔太郎はやはり文中で言及のボードレール『人工楽園』の翻訳に序文を寄稿（松井好夫訳、耕進社一九三五年六月）。ここでも薬物使用を戒めている。

「**日本に於ける未来派の詩とその解説**」は、犀星とともに人魚詩社（にんぎょ詩社）の盟友だった、山村暮鳥《ぼちょう》（一八八四～一九二四）の第二詩集『聖三稜玻璃《せいさんりようはり》』（にんぎょ詩社一九一五年十二月）を、「西洋の「未来派」の詩のやうな不徹底な拙《つたな》いもの」を超える暮鳥独自の「立派な新芸術」として（危惧の念も表明しつつ）擁護したもの。のち、暮鳥の没後も朔太郎は、『聖三稜玻璃』の「だんす」「図案」などを不朽の名詩として評価し続けた。

イタリアのF・マリネッティによる「未来派宣言」は発表された一九〇九年に、森鷗外によって翻訳紹介されていた。ただしここで朔太郎のいう「未来派」は、ロシアの画家カンディンスキーも加えられていることに明らかなように、二十世紀最先端の前衛芸術《アヴァンギャルド》を広く指すといえる。それらを「最も極端な象徴派」とする朔太郎の見識には、言葉そのものの生命力を最重要視する、いわば根源的な象徴主義者としての朔太郎の面目躍如たるものがある。

なお朔太郎の言及する版画誌『月映《つくはえ》』の「恩地孝氏」こと恩地孝四郎《おんちこうしろう》の版画「抒情」（「叙情」）は現在、日本における抽象画の先駆と評価されている。恩地はこの文章の翌年二月刊の朔太郎第一詩集『月に吠える』の装幀《そうてい》を、夭折した『月映』の仲間・田中恭吉とともに担当する。（第Ⅲ部「自著の装幀について」参照）

「**大正の長詩鑑賞**」は、北原白秋、福士幸次郎、室生犀星、高村光太郎、佐藤惣之助の詩とともに、自作の「恋を恋する人」を紹介している。白秋と犀星が、詩人デビュー期の朔太郎にあたえた詩的、人間的な影響の大きさ、濃密さは、この鑑賞エッセイからも充分に伺えるだろう。なお

「恋を恋する人」は、発売禁止を避けるために初版『月に吠える』から削除された「抹消詩篇」である（第Ⅲ部「風俗壊乱の詩とは何ぞ」参照）。

福士幸次郎は、現在忘れられ気味であるが、その第一詩集『太陽の子』（一九一四年）は「「太陽の子」の暗示なしに、僕の「月に吠える」は無かつたらう」（「福士幸次郎君について」一九二九年）と述べるほどの多大な影響を朔太郎にあたえた。高村光太郎の詩篇を朔太郎が正面から論じたのは珍しい。佐藤惣之助は、昭和期にはいると歌謡曲（レコード歌謡）作詞の第一人者となるが、宮沢賢治の『春と修羅』（一九二四年）を最も早くから評価したことでも知られる、大正後期の最先端の詩人だった。一九三三年からは朔太郎の妹・アイの夫であり、一九四二年五月十一日の朔太郎の死に当たっては葬儀に奔走。自身もその四日後に急逝した。

「**日本詩人九月号月旦**」からは、黄瀛《こうえい》の詩を評した部分を収録した。黄は中国人の父と日本人の母との間に一九〇六年に生まれ、父の死後母とともに日本に渡る。一九二五年『日本詩人』二月号「第二新詩人号」で第一席となり注目される。この号では、のち『詩と詩論』メンバーとなる上田敏雄も朔太郎の選により入選。ほかに『亜』の滝口武士や、のち朔太郎と親交を結ぶ伊藤信吉、蔵原伸二郎などの名前も見られ、詩史的には昭和詩の中核を担う人びとの台頭を予告する号として注目される。

黄瀛はその若きホープといえる存在であり、このの ち『星景』（一九三〇）、『瑞枝』（一九三四）の二冊の日本語詩集を刊行。自らの詩を「心象スケッチ」と名付け、一九二九年に病床の宮沢賢治を訪ねるなど、十歳年長の賢治の詩法にも学んだ清新な感覚描写に特徴があった。朔太郎の黄瀛評は、その語感、聴覚の詩人としての側面を捉《とら》えたもので、黄瀛評価の先駆として今なお新鮮である。なお「日本人は、フランス語や英語に対して、それらの国民自身が感ずるよりも、遙かに音楽的の語韻を強く感じてゐる」というのは、じつは「日本人」に仮託しての、朔太郎自身の聴覚的感性の告白といえるだろう。

一九二六年末に元号が昭和に改元される。一九二八年に創刊された『詩と詩論』において、編集の中心にいた春山行夫は、萩原朔太郎を、滅ぼすべき旧時代を代表する詩人として攻撃、自分たちを最新の欧米文芸思潮を取り込んだ、新時代の詩運動の中心とした。モダニズム詩の時代の到来である。「**難解の詩について**」で取り上げられる北川冬彦、西脇順三郎はその代表的な詩人とされ、当時、北川は新散文詩運動、西脇はシュルレアリスムの代表と目されていた。

朔太郎はモダニズム派が、大正時代の民衆詩派を（詩的言語としての緊張感に欠けるとして）批判することに同意しつつ、詩を言葉の組み合わせ遊戯に堕落させかねないとして反発した。「難解の詩について」の終りの部分はその種の詩にたいする批判である。と同時に、自ら超現実的なイメージの先駆者であり、かつて前衛的《アヴアンギヤルド》な詩を「日本に於ける未来派の詩とその解説」で擁護した朔太郎の、モダニズム時代の詩・詩人に対する理解の深さも発揮されている。

文中ポオのエピソードはその「暗号論」（一八四一年）に基づく。「a」の連想例として言及されるA・ランボーの詩「母音」は、一九〇八年『帝国文学』一月号に折竹蓼峰による翻訳が掲載されて以来、厨川白村『近代文学十講』（一九一二年）、永井荷風の訳詩集『珊瑚集』（一九一三年）所収モーパッサン「扁舟紀行」、ロンブローゾ（辻潤訳）『天才論』（一九一四年）などで日本でも知られており、朔太郎の詩「Omegaの瞳」（『蝶を夢む』）への影響も推測される。なお、北川冬彦は春山の『詩と詩論』編集方針に反発し、別に『詩・現実』を創刊（一九三一〜三二）。こちらには朔太郎も『氷島』に収録する詩篇を発表している。

『詩と詩論』には、のち朔太郎を顧問格に創刊される第二次『四季』（一九三四〜四四）の主宰者となる堀辰雄、三好達治、丸山薫も参加していた。「**現代詩の鑑賞　詩の構成と技術**」は、そういったモダニズムの主知主義を通過して生み出された、新たな抒情詩の構成の巧みさを、朔太郎のいわば一番弟子である三好達治――『氷島』の評価をめぐっては激しく葛藤した――の作品を例に解説したもの。当時朔太郎が講師を務めていた明治大学でも教材にしたと「詩壇時感」（『文学界』一九三五年一月号）で述べている。（なお六七頁、朔太郎による三好「頬白」への音数表記は原文のまま。）

「**処女の言葉**」は、第Ⅲ部収録「「氷島」の詩語について」の『詩人の使命』収録時に参照すべきエッセイとされたものの一つ。『氷島』で、変則的な漢文調文語体の導入によってようやく達成した新たな日本語の可能性を、若い女性は日常語で実現してしまった。彼女たちは「言葉の革命者」であり「日本は何処《どこ》へ行くか？　この問題を思惟する人は、先《ま》づ町に出て若い女たちの会話をきけ！」とする朔太郎の見識を再評価したい。

Ⅱ　朔太郎の評価した詩人たち

第Ⅱ部では、朔太郎が直接に交流した詩人たちを論じたエッセイを集めた。第Ⅰ部所収エッセイでその作品が取り上げられている詩人も多いが、ここにはより、書き手である詩人自身への興味が中心になるものを集めた。朔太郎にとって、詩人とその作品とは、ひとつの人格の分身にほかならなかった、といえるかもしれない。

大手拓次について

「**大手拓次君の詩と人物**」は、大手拓次（一八八七〜一九三四）没後に刊行された第一詩集『藍色の蟇』（アルス一九三六年十二月）の跋文として、北原白秋の序文とともに掲載された。文中にあるように、朔太郎が大手拓次に個人的に面会したのは、その二十年ほど前に犀星とともに訪ねた一度きりだった。拓次を、ロマン主義的な悲劇の詩人として物語化した詩人論であり、後世への影響力の大きさという点で、功罪ともに際立った大手拓次論である。

実際の拓次が、古典から同時代に至る日本の文学や同時代の詩人たちにも関心を持っていたこと、童貞ではなかったこと、ライオン歯磨の広告部員として広告文作成に活躍しており、拓次が詩人であることは社内で知れ渡っていたことなどを、原子朗『定本大手拓次研究』（牧神社一九七八年）は明らかにしている。また、拓次が恋した同僚の若い女性には、一九二二～三年に勤めた山本ちよ、のち、日本を代表する新劇女優となる山本安英がいた（生方たつゑ『娶らざる詩人　大手拓次の生涯』（東京美術一九七三年）参照）。

萩原恭次郎について

萩原恭次郎（一八九九～一九三八）は朔太郎と同じ前橋の出身（ただし、朔太郎が市の中心地生まれであるのに対し、恭次郎は周縁部出身）であり、そのアナーキスティックな傾向に、朔太郎は自らに通じるものを感じていた。『純情小曲集』では恭次郎に跋文を依頼。恭次郎は集中の「郷土望景詩」にしめされた朔太郎の激しさ、怒りに、行き届いた理解と親愛の情をしめす跋文を寄せた。（この跋文は朔太郎の意向によって書き直されたものであり、没となった恭次郎の第一稿（一九二三年五月付）は現在、筑摩版朔太郎全集第二巻月報等で読むことができる。）

恭次郎の第一詩集『死刑宣告』（長隆堂書店一九二五年十月）は刊行当時、大胆な活字印刷技術の活

用と、リノリューム版画の挿入で話題となった、日本の一九二〇年代都市アヴァンギャルド、ダダイズムを代表する歴史的詩集である。

恭次郎は一九二八年後半より郷里に帰り、晩年には、青春期の朔太郎も親しんだ詩人・高橋元《もと》吉《きち》の経営する前橋の書店、煥乎堂《かんこどう》に勤務。この間、アナーキズムから農本主義への傾向も見せた。朔太郎が「**詩集　断片を評す　萩原恭次郎君の近著**」で絶賛した第二詩集『断片』（渓文社一九三一年十月）は、恭次郎のアナーキズム期を代表する詩集である。

三好達治について

三好達治（一九〇〇〜一九六四）は、朔太郎のいわば一番弟子であり、朔太郎没時の追悼詩「師よ、萩原朔太郎」も名詩として知られる。朔太郎の妹・アイへの長年の思慕と、彼女との同棲・破局は、三好の没後、朔太郎の娘・萩原葉子の小説「天上の花」に（おおくの虚構――たとえば作中のヒロインの日記は、完全な創作である――を挟みつつ）描かれ、広く知られるようになった。

三好にたいする、朔太郎の親しみと敬意の情の一端は、「**四季同人印象記**」の簡潔な記述でも伺われるが、公刊されたエッセイでは、ここに収録したように、『氷島』以降の朔太郎にたいして表明された三好の批判への、反論が多くなっている。それは時に「**三好達治君への反問**」のように、正面からの詩論・日本語論をとることもあった。同旨の反論は『文学界』一九三五年八月号「詩壇時言」（のち「詩について　2」と改題して『日本への回帰』に収録）でも述べられている。それら俳句に及ぶ日本語詩における音楽性への希求は、後期朔太郎が強調した、日本語独自の音律性「調べ」主張の一環ともいえるだろう。（拙著『萩原朔太郎というメディア』（森話社二〇〇八年）第Ⅰ部「「リズム」から「調べ」へ――詩論における日本語との葛藤と夢想」参照。）なお、朔太郎が主張する、芭蕉が弟子に「俳句は調べを旨とすべし」と教えていたというエピソードの出典を私は確認できていない（宇田零雨著『芭蕉語彙』（青土社一九八四年）に「調べ」は挙げられていない）。大方のご教示を賜れれば幸いである。

「**狼言**」で朔太郎は、三好の自分への――のみならず丸山薫や伊東静雄への――批判の原因を、三好の「パルナシアン」（高踏派）的資質に求めている。三好には端正な古典主義者の一面があった。「**六号雑記**」にうかがわれる、三好達治の『氷島』詩篇への批判の根柢にも、その正統の漢文訓読語法からの逸脱、歪曲が、三好には耐えがたいほどのものだったことがある。そういった違和感の表明をふくめ、三好の没する前年にまとめられた『萩原朔太郎』（筑摩書房一九六三年）は、朔太郎の根本にある「自然主義」精神の指摘など、今日にいたる朔太郎理解のための第一の書物でありつづけている。

丸山薫について

丸山薫（一八九九～一九七四）は、旧制第三高校時代から三好達治の旧友であり、堀辰雄、三好とともに一九三四年創刊の第二次『四季』を主宰した。「**四季同人印象記**」にも記される温厚な人柄もあり、朔太郎と親しく交わった。現在、朔太郎全集第十三巻には、一九三五年二月から朔太郎の没する前年の四一年八月までの薫宛書簡八十四通が遺されている。これは北原白秋宛百十九通、室生犀星宛八十五通につぐ点数であり、晩年の朔太郎を理解する貴重な資料となっている。高等商船学校中退の来歴をもち、〝海の詩人〟とも称された。

本書収録の「**丸山薫と衣巻省三**」、「「**神**」**について**」、および「**幼年の郷愁**」（薫の第三詩集『幼年』（四季社一九三五年六月）の広告文として書かれた。初出については朔太郎全集補巻の誤りを訂正した）で展開される丸山薫論は、薫の形而上感覚、物象（物体・無機物）への偏愛などを簡潔に指摘しており、薫文学のキーワードとなる「象徴主義」や「郷愁」など、朔太郎自身との資質的な共通性もうかがわせる。なお、「**丸山薫と衣巻省三**」で薫の出身地を神戸としているのは誤り。丸山薫は大分生まれ。幼少年期は内務官僚の父に従って日本各地や併合直前の韓国などを転々とし、戦後は母の実家のあった本籍地・愛知県豊橋市に定住。愛知大学客員教授を務めた。

ただし薫自身は、自分が神戸の出身者とされたこのエッセイについて、後年の座談会で「ああいう風に萩原さんという人は、一つの世界をもっていて、そこを見つめているんだ」「僕自身伝記的人物になったみたいで愉快だよ」と述べている（「萩原朔太郎　氷島をめぐって」第四次『四季』第十六号一九七四年四月。『新編丸山薫全集　第六巻』（角川学芸出版二〇〇九年）収録）。なお文中、衣巻省三「足風琴」を、詩誌『椎《しい》の木』で評した「或る女の詩人」は左川ちかのこと（島田龍編『左川ちか全集』（書肆侃侃房二〇二二年）「解題」参照）。朔太郎は彼女の没時、その詩才を惜しむ短文「手簡」を『椎の木』一九三六年三月号に発表している。（朔太郎全集第十三巻三九九頁に百田宗治宛書簡として収録。なお、そこで一九三七（昭和十二）年の『椎の木』発表とし、「昭和十二年」の項に含めるのは誤り。）

伊東静雄について

伊東静雄（一九〇六～一九五三）は、京都帝大国文科を卒業後、大阪の旧制中学、戦後は新制高校の国語教師を務める。（芥川賞作家となる庄野潤三は中学の教え子で、伊東没時まで師事した。）初期詩篇が『コギト』同人の批評家・保田与重郎、詩人・田中克己らに注目され、同誌に寄稿するようになる。一九三五年、保田らを中心とする『日本浪曼《ろうまん》派』同人に参加し、十月にコギト発行所より第一詩集『わがひとに与ふる哀歌』を刊行、朔太郎に激賞される。朔太郎が編集し、四十八人の詩人を集めるアンソロジー『昭和詩鈔』（一九四〇年）の冒頭にも、伊東の詩篇が据えられている。

「**わがひとに与ふる哀歌　伊東静雄君の詩について**」はその称賛を全面的に展開した名エッセイである。それにしても「時間の生れない宇宙の劫初《ごうしょ》」の「永劫の寂寥」のリリシズムとは、なんとも禍々しい。朔太郎は『コギト』を称賛する最初のエッセイ「詩壇時評　主として同人雑誌について」（『生理』5（一九三五年二月））で「此所《ここ》にある詩精神は、神保〔光太郎〕君等の所謂《いわゆる》「日本浪漫主義《ママ》」の精神と共通してゐる」と述べたが、晩年の朔太郎の「日本への回帰」なるものの根底にも、じつは「永劫の空虚」があったのかもしれない。

なお三好達治の項に収録した「狼言」中に、伊東の詩にたいする三好の批判・非難が紹介されているが、戦後、三好は伊東と和解。伊東の逝去に際して発表した「伊東静雄君を悼む」（『大阪朝日新聞』一九五三年三月二十三日）で伊東の詩業をたたえ「伊東君、ボクの先日の不敏を笑つて許してくれ給へ」と、伊東の死を悼んだ。

中原中也について

中原中也（一九〇七〜一九三七）は、『文学界』で活躍（ただし「詩壇の新人」でいう「同人」ではなかった）するとともに、『歴程』同人だったが、『歴程』は、中也生前には五号しか刊行されず、中也にとって第二次『四季』は貴重な作品発表の場だった。十五号より同人となる。

朔太郎が中也に触れた文章は一つ一つは短いが、通覧すると、高く評価する新進詩人だったことが浮かび上がる。一九三七年二月、前橋帰郷の際にも朔太郎は、同行詩人として三好達治、丸山薫とともに、中也を指名していた。（この時、中也は入院中で、計画は実現せず、結局、神保光太郎、保田与重郎が同行した。）

「**中原中也君の印象**」でいう、中也の「最近白水社から出した僕の本の批評」文とは、『ふらんす』一九三七年十月号掲載の新刊広告「萩原朔太郎評論集　無からの抗争」推薦文を指す（オンライン「青空文庫」で閲覧可能）。市民社会のなかで不器用に生きざるを得ない、純粋な「詩人」として、二人が年齢差を越えた共感を寄せ合っていたことが読み取れる。「「倦怠」について」にあるように、中也は生前刊行した唯一の自作詩集『山羊の歌』（文圃堂書店一九三四年十二月）を朔太郎に寄贈しており、また、訳詩集『ランボオ詩集』（山本書店一九三七年九月）の朔太郎あて献呈署名本も残されている。

本書収録以外にも、朔太郎は「詩の一般的特性」（『現代文章講座　三』三笠書房一九四〇年五月）でも「わが半生」（『在りし日の歌』（創元社一九三八年四月）収録）を、音楽的韻律を備えた「自由詩の一形体」として称賛している。（つづけて立原道造「またある夜に」（『萱草《わすれぐさ》に寄す』所収）を挙げる。）中也は口語による音数律定型詩でも評価されているが、晩年の朔太郎にとっては、口語自由詩の音楽性を実現し得た詩人として、中也と立原がとくに大きな存在であったことがうかがわれる。

立原道造について

立原道造（一九一四～一九三九）は、第二次『四季』創刊時の編集同人に最年少で参加。当時立原は、東京帝大建築学科の学生だった。日本橋の下町的風土に生まれ、東京府立三中、一高、東京帝大コースを歩んだ点で、芥川龍之介、堀辰雄の系譜に連なる文学者である。高校時代より堀の知遇を得、以後兄事した。
「音楽の聴える小説　立原道造「鮎の歌」」における「鮎の歌」（『文芸』一九三七年七月号）への、音楽の聴こえる小説、散文による抒情詩という評価は、堀辰雄の小説「美しい村」にたいする、朔太郎の堀辰雄宛書簡（一九三四年六月二十五日）での感想に通じる。ただし堀宛ての私信で指摘した「上品すぎる」「お嬢様文学」という（堀としては大いに不満であろう）ニュアンスはなく、「物語《ロマン》」の喪われた現代に、リリシズムの復権を掲げた若き詩人の業績として高く評価している。これは「**詩壇の新人**」での、現代における〝傷ついたロマン主義〟の復権への期待と一貫している。また朔太郎は「狼言」（『四季』一九三七年一月号。三好達治への言及部分を本書に収録）中で、詩人の書いた小説に注目しており、その関心を引き継ぐ面もあるだろう。

立原は大学卒業後、分離派建築家として知られる石本喜久治の建築事務所に勤務しつつ、楽譜型の装幀《そうてい》による『萱草《わすれぐさ》に寄す』（風信子《ヒヤシンス》叢書発行所、一九三七年七月（奥付では五月）、『暁と夕の詩』（四季社、一九三七年十二月）の二詩集を残し、一九三九年二十四歳で没する。「**立原道造全集第一巻**」は夭折の事実を含め、青春の詩人としての立原の生涯を肯定するようだ。ここで朔太郎は立原の、建築家らしい言葉の主知的構築による音楽性に着目している。「詩の一般的特性」（「中原中也について」の解説・解題参照）での言及にも明らかなように、朔太郎にとって立原道造は（中原中也とともに）日本語の口語自由詩による詩的音楽性の達成者として、特権的な詩人であったといえる。

西脇順三郎について

戦後、萩原朔太郎研究会二代目会長も務めた西脇順三郎（一八九四〜一九八二）と、朔太郎との詳細については、本書の栗原飛宇馬氏による「解説　萩原朔太郎と西脇順三郎――詩学を相照らす二つの鍵」を参照されたい。ここでは「**西脇順三郎氏の詩論**」の従来の書誌情報の誤りを注記しておく。これまでこのエッセイの初出は第三次『椎《しい》の木』一九三七年二月号とされてきた。しかし第三次『椎の木』は一九三六年六月号で休刊している。

このエッセイの正しい初出は前年一九三六年の『椎の木』二月号（奥付頁で「昭和十一年一月二十九日印刷納本／昭和十二年二月一日発行」と、発行年度を誤記している）。雑誌巻頭より「西脇順三郎氏の詩論」、続けて西脇「MAISTER 萩原と僕」の順で同時掲載された。何らかの手段で西脇は「西脇順三郎氏の詩論」を読んだうえで「MAISTER 萩原と僕」を執筆し、『椎の木』主宰者の詩人・百田宗治の判断で同時掲載された可能性が高い。従来の誤った初出情報ではこの点が不明確だった。同号に編集後記はないが、五月号の編集後記で百田宗治は「あの記事を二つ合せて読むと、なにかほゝえましいものが胸奥に感じられる」「この闘ひは別の面から見ればまた深刻無比の闘ひでもあるやうである。即《すなわ》ち文学上の流派の問題として見ればである」等と記している。

「MAISTER 萩原と僕」は「僕は萩原から出発した」「萩原さんは僕の MAISTER である」と西脇

が公言した最初のエッセイであり、朔太郎へのオマージュであるが、その後半で西脇は「先生（朔太郎）の人生哲学はしかし単に現在の僕の頭には大きすぎる。（中略）その頂戴した帽子は永久に保存する」と述べている。ここで西脇の主張する、朔太郎の「人生哲学」への対応は、「西脇順三郎氏の詩論」で、朔太郎が西脇に欠けているものとして批判――というより非難した「生活を持たないところの詩人」を意識し、弁明したものである可能性が高いだろう。

なお「西脇氏とその一派」を『詩・現実』とするが、これは『詩と詩論』が正しい（「難解の詩について」の解説・解題参照）。西脇が、詩と散文との区別を幻燈の映画にたとえた、というのは『純粋な鶯《うぐいす》』（椎の木社一九三四年十一月）ではなく、『超現実主義詩論』（厚生閣一九二九年十一月）所収のエッセイ「超自然詩の価値」（初出タイトル「超自然詩学派」。『詩と詩論』一九二八年九月創刊号に「J・N」名義で初出）において、焦点をぼやかす方向を「超自然詩」、ピントを合わせる方向を「自然主義詩」と区別した部分を指すと思われる。西脇詩論と対比されるポオについては、第Ⅲ部「『青猫』について」解説・解題を参照されたい。

Ⅲ　自作詩・詩集について

ここには朔太郎自身の作品と詩集についての言葉を集めた。なお、『青猫』と『純情小曲集』のあいだに詩集『蝶を夢む』が刊行されている。しかし、その前半は『青猫』期の、後半は『月に吠える』期の拾遺詩篇であるため、独立した項目は立てなかった。

『月に吠える』について

朔太郎の第一詩集『月に吠える』（一九一七年）は、高村光太郎『道程』、福士幸次郎『太陽の子』（いずれも一九一四年）とともに、初期口語自由詩の名詩集であり、より徹底した俗語の効果的な使用、幻想的イメージの展開などによって、日本語における口語自由詩を完成する詩集となった。

「**所感断片**」には、朔太郎最初の口語自由詩として知られる名作「殺人事件」（初出『地上巡礼』一九一四年九月号）に登場する「私の探偵」と「曲者」の発想の原型がうかがわれる。『T組』は室生犀星の熱中したイタリア製活劇映画。当時の犀星はその主人公チグリスに自らをなぞらえた。「美人探偵プロテヤ」はフランス製の活劇映画『プロテア・続編』主人公の女性軍事探偵を指し、朔太郎は自らをしばしば「萩原プロテヤ」と称した。なおエッセイ後半に顕著な、従来の「日本の自然主義」や人情を否定する過激な光、熱、感傷＝センチメンタリズム志向は、一九一四年後半から一五年前半にかけて、過激な詩・散文詩を生み出し、それはのちのアヴァンギャルド詩の先駆といえるものだった（北川透『萩原朔太郎〈言語革命〉論』（筑摩書房一九九五年）参照）。それらは『月に吠える』未収録となったが、現在、朔太郎全集第三巻で読むことができる（「青空文庫」でも）。

『月に吠える』は一九一七年二月十五日発行と奥付に記されている。しかし、内務省警保局図書課の内閲によって発売頒布禁止の内達を受け、「愛憐」「恋を恋する人」を削除。実際の刊行日は二月二十八日となった（刊行日については牧義之『伏字の文化史』（森話社二〇一四年）参照）。それ以前の詩集で発禁になったものに「安寧秩序」妨害を理由とする児玉花外『社会主義詩集』（一九〇三年）があるが、「風俗壊乱」を理由とした処置は初めてであろう。二篇削除によって発禁は免れたわけだが、朔太郎は「**風俗壊乱の詩とは何ぞ**」でそれに正面から抗議した。なお朔太郎は一九二〇年刊の『日本現代名詩集』に「恋を恋する人」を「抹消詩篇」と付記して寄稿。再版『月に吠える』（一九二二年）に二篇とも無削除で収録した。本書第Ⅰ部収録「大正の長詩鑑賞」でも自己の代表作として「恋を恋する人」を掲載している。いずれも、内務省の許可は得ないままの処置と思われる。

『青猫』について

『青猫』は一九二三年一月刊行の第二詩集。ただし朔太郎自身の意識において「青猫」期は『月に吠える』刊行の一九一七年から、『蝶を夢む』を経て『萩原朔太郎詩集』（一九二八年）の「青猫（以後）」収録の詩篇におよび、最終的には『定本青猫』（一九三六年）にまとめられる口語詩篇の全体を指すものとなっている。その大部分は「**青猫を書いた頃**」で言う通り一九一七年より一九二三年のあいだに発表されたが、『定本青猫』には「浦（Ula）」詩篇として知られる「猫の死骸」（『女性改造』一九二四年八月号）・「沼沢地方」（『改造』一九二五年二月号）など、それ以降の初出詩篇も含まれる（最後の詩篇は一九二八年『若草』十二月号発表の「時計」）。「**明治大正文学全集　萩原朔太郎篇**」もすべて、のち『定本青猫』に収録する詩篇であり、朔太郎の愛着と自信のほどがしのばれる。くり返し言及される、ショーペンハウアーの厭世哲学や、「リヂア」（「リジイア（ライジーア）」）、「アッシヤア家」（「アッシャー家の崩壊」）、詩「大鴉」（二一五頁「ねえばあ、もうあ！」は、一七五頁で言及する大鴉の人まね声「Nevermore（もはやない）」をオノマトペ的に表記したもの。この言葉の響きを一篇のかなめに詩を構築したとするポオの自作解説「構成の原理」（一八四六年）を朔太郎は意識しており、「詩の作り方」「西脇順三郎氏の詩論」でもくり返し言及している）など、死んだ女性への愛をテーマとするエドガー・ポオの作品への親愛も、青猫期の詩篇の特徴といえるだろう。（一七五頁「れおなあど」はポオの詩篇「レノア」を指すと思われる。）

なお、「**青猫スタイルの用意に就いて**」における「やうに」についての見解は朔太郎独自のものだが、「やうに」が（「隠喩」にたいする）「直喩」であることは当時すでに常識だった。朔太郎はそれを踏まえたうえで、常識的なレトリックとは異なるという自負を込めて、自らの「やうに」を単なる「比喩」ではない「象徴」と主張したのだろう。一般には、ここで朔太郎の言う「比喩」は慣用化した比喩表現（「死んだ比喩《デッド・メタファー》」）、「象徴」は新鮮な比喩を指すといえそうだが、朔太郎にとって「象徴」は主客二元論を超えた、言葉のイメージ世界そのものの実在にかかわっていた。

また、直喩においては主体（主語）と、比喩として提示される客体（物象）とが、それぞれのイメージの重みを保持する（「二重三重の複雑な意味や気分を、それでズルクぼやかしてしまふ」）という指摘は、利沢行夫『戦略としての隠喩』（中教出版一九八五年）の先駆といえる。「明治大正文学全集　萩原朔太郎篇」でも言及するように、朔太郎は「やうに」を音のひびき（調べ）の問題としても自覚していたが、イメージの重層性という側面においても、ユニークな詩論・自作解説となっている。

『純情小曲集』について

『純情小曲集』（一九二五年）は、愛唱性をもつ文語自由詩篇を、当時ポピュラーだった抒情「小曲集」――朔太郎の親炙《しんしゃ》した北原白秋『思ひ出』（一九一一年）、室生犀星『抒情小曲集』（一九一八年）などが著名――としてまとめたもの。「**叙情詩物語**〔『**純情小曲集**』**の世界**〕」で言及される「旅上」「洋銀の皿」は初期詩篇を集めた「愛憐詩篇」の部、「広瀬川」「中学の校庭」は最近作を集めた「郷土望景詩」の部に収録されている。さらに「広瀬川」の項では、同時代に発表した口語詩「猫の死骸」「沼沢地方」に登場する亡霊のヒロイン「浦」を登場させ、詩的世界に膨らみをあたえている。なお、二二〇頁「URA」のローマ字表記は原文のママ。のち朔太郎は「Ula」と変更し、日本語の音韻とは異なる響きを彼女にあたえた（一七四、五頁参照）。

『氷島』について

『氷島』（一九三四年）は漢文訓読調の文語自由詩集。ただし、全二十五篇中四篇は、『純情小曲集』の「郷土望景詩」からの再録であり、二篇は一行を七五音に整えた文語定型詩となっている。『氷島』の「自序」は「あらゆる進化した技巧の極致は無技巧の自然的単一に帰する」「単に「心のまま」に、自然の感動に任せて書いた」としている。これは技巧にとらわれすぎる（と朔太郎には思えた）同時代のモダニズム詩にたいする批判を、前面に押し出したものだった。実際には「無技巧」とは真逆の、日本語のさらなる変革を追求する意志によって構成されていたことは「**「氷島」の詩語について**」にあきらかである。

もっとも、このエッセイも「明白に「退却《レトリート》」」「詩人としての文化的使命を廃棄」「僕は既に老いた」などと述べる冒頭と最後の一節のみがセンセーショナルに取り上げられがちである。しかし本文を読めば明らかなように、その実際の主旨は、日本語の欠陥の指摘と、それをおぎなうために編み出した詩法の解説だった。『氷島』を、伝統的文語体を破壊した革新的な文語体詩集（ゆえに、高踏派・古典主義者の三好達治からは非難された。第Ⅱ部「三好達治について」の項参照）という側面から見直す必要もあるだろう。

なお本文中に「巻尾に他の論文（口語詩歌の韻律について）で説いた」とあるのは、本エッセイ収録の『詩人の使命』（一九三七年）中「口語詩歌の韻律を論ず」を指す。ここで朔太郎は、文語体に匹敵するリズミカルで緊張感のある口語体文章・韻文を創造する必要性を説いている。同じく『詩人の使命』収録時に朔太郎は「別項「処女の言葉」「詩と日本語」参照されたし」とエッセイ末尾に付記している。うち「処女の言葉」を本書第I部に収録したので参照されたい。ここで朔太郎は、『氷島』が漢語調によってかろうじて実現した、日本語による「エゴの強い主観」の表現を、いっけん漢語調とは正反対の響きをもつ若い女性たちの日常語が、無邪気かつ大胆に実現してしまったと見ていた。

『宿命』について

『宿命』（一九三九年）は、創元選書の一冊として刊行された「散文詩」「抒情詩」の二部構成からなる朔太郎最後の詩集である。「**散文詩について　序に代へて**」（三好達治が一九二九年に訳したボードレール散文詩集『巴里《パリ》の憂鬱』（一八六九年）巻頭の「アルセーヌ・ウーセイに与ふ」を意識）で述べるとおり、大部分は既刊のアフォリズム集、詩集からの再録によるリミックスであるが、単行本初収録となる「虫」「貸家札」などシュルレアリスム詩を髣髴《ほうふつ》する散文詩を含み、晩年まで日本語の可能性を追求し続けた、前衛詩人としての朔太郎の面目躍如たる詩集といえる。

また朔太郎は詩集巻末に、各散文詩への「散文詩自註」を書き下ろしており、それぞれの自註そのものが、思索的、感覚的な散文詩、あるいは短詩として、朔太郎晩年期の傑作群といえるものとなっている。

詩集のデザインについて

第一詩集『月に吠える』は、『サロメ』の挿絵で知られるイギリスの画家、オーブリー・ビアズリーに譬《たと》えられた夭折の版画家・田中恭吉（一八九二〜一九一五）と、その版画誌『月映《つくはえ》』の盟友にして、日本最初の抽象画家のひとり恩地《おんち》孝四郎（一八九一〜一九五五）の挿絵、装幀《そうてい》による、本格的な詩画集であり、本文目次とは独立した「挿絵目次」欄も設けられていた。それへの言及を含む「**自著の装幀について**」における川上澄生《すみお》、阿部金剛、逸見享《へんみたかし》らの画家とのコラボレーションへの言及は興味深い。朔太郎はまた、内田百閒、佐藤春夫らとのコラボで知られる異色の版画家・谷《たに》中安規《なかやすのり》に雑誌『四季』の表紙を依頼する一九三六年の書簡も残している（実現しなかった）。

「「**純正詩論**」**の装幀について**」は『氷島』との精神的連続性を、「西洋の法律書の規定的形式となつてる表装を、そのまま直訳した」明治初年の法律書に倣ったものとしている点が注目される。朔太郎自身は言及していないが、『純正詩論』カバー（ジャケット）に、初版、第二刷それぞれ別の、朔太郎自身の肖像写真を使用していることも指摘しておきたい。これはさらに別の肖像写真を使用する『廊下と室房』カバーにも見られる特徴である。

朔太郎には本書収録以外にも「装幀の意義」（『新しき欲情』収録）、「書物の装幀について」（『廊下と室房』収録）などがあり、アンケート回答「装釘各説」（『書物展望』一九三五年四月号）では自装本を採点、『月に吠える』八〇点、『定本青猫』七〇点、『純情小曲集』三〇点、『虚妄の正義』初版八〇点、『氷島』八〇点とし「他に任せたるものはすべて駄目。採点以下」としている。また、自著のみならず、大谷忠一郎『空色のポスト』（一九三八年）、佐藤惣之助『わたつみの歌』（一九四一年）の二詩集の装幀も担当している。

叙情詩物語　より

「叙情詩物語」は、当時の女学校上級生を対象とする文芸誌『令女界』（宝文館）に、三回にわたって掲載された、自作詩解説にして現代の歌物語であり、それ自体が散文詩としての魅力を放っている。（うち「叙情詩物語（『純情小曲集』の世界）」は「『純情小曲集』について」の章に掲載。）

「**叙情詩物語**〔**どこに幸福といふものがあるのだらう**〕」の詩篇は、朔太郎自身の付記の通り『青猫』『蝶を夢む』から採録されており、うち「野鼠」「閑雅な食慾」はのち『定本青猫』にも収録された。なお「閑雅な食慾」に登場する、いわば純粋記憶のなかの少女「海」には、音韻的に

「猫の死骸」「沼沢地方」に登場する亡霊のヒロイン「浦」の面影があるかもしれない。（「叙情詩物語（『純情小曲集』の世界）」参照）。朔太郎の幻想短編小説「猫町」の舞台となる「裏日本」の「U町」や、「歌」「馬」「うらうら」など、朔太郎には「U」の頭韻への志向・嗜好もあるようだ。

「叙情詩物語（古風な博覧会）」の「古風な博覧会」は第一書房版『萩原朔太郎詩集』の「青猫（以後）」の一篇であり、のち『定本青猫』に収録された。文中に登場する「不思議館」のファンタスティックな天体描写は、「丸山薫と衣巻省三」に言及のある稲垣足穂の天体嗜好に通じる。また、後半部分に登場するパノラマ館趣味は、『新しい欲情』に「青色のさびしい光線」、のち詩集『宿命』に「パノラマ館にて」と改題し収録したアフォリズム＝散文詩と共通のモティーフである。朔太郎には自ら撮影を趣味とした立体写真など、視覚的錯覚《トリック》を応用した別世界への郷愁《ノスタルジア》があり、のち親交を結ぶ江戸川乱歩の「パノラマ島綺譚」を絶賛したエピソードは、乱歩『探偵小説四十年』（桃源社一九六一年）中「萩原朔太郎と稲垣足穂」の記述でよく知られている。

萩原朔太郎を導き手とする本書をきっかけに、近代の詩・詩人と、萩原朔太郎の詩の世界を、より一層愛していただければ幸いである。

〝詩が導いて行くところへ直行しよう。〟（『詩の原理』「結論」より）

萩原朔太郎　生前主要著作一覧

安　智史　作成

『ソライロノハナ』（手作りの自筆短歌集）一九一三年四月頃成立
『月に吠える』（初版）感情詩社・白日社出版部、一九一七年二月
『月に吠える』（再版）アルス、一九二二年三月
『新しき欲情』（函と表紙に〈情調哲学〉と付記）アルス、一九二二年四月
『青猫』新潮社、一九二三年一月
『蝶を夢む』（現代詩人叢書14。全集第十五巻「書誌」欄に「現代詩集叢書」とあるのは誤り）新潮社、一九二三年七月
『純情小曲集』新潮社、一九二五年八月
『詩論と感想』素人社書屋、一九二八年二月
『萩原朔太郎詩集』第一書房、一九二八年三月
『詩の原理』第一書房、一九二八年十二月
『現代詩人全集　第九巻』「萩原朔太郎集」
（高村光太郎・室生犀星・萩原朔太郎の三人集）新潮社、一九二九年十月
『虚妄の正義』第一書房、一九二九年十月
『恋愛名歌集』第一書房、一九三一年五月

萩原朔太郎　生前主要著作一覧

『氷島』第一書房、一九三四年六月
『純正詩論』第一書房、一九三五年四月
『絶望の逃走』第一書房、一九三五年十月
『猫町』版画荘、一九三五年十一月
『郷愁の詩人　与謝蕪村』第一書房、一九三六年三月
『定本　青猫』版画荘、一九三六年三月
『現代詩人全集　萩原朔太郎集』（新潮文庫第百七十編）新潮社、一九三六年四月
『廊下と室房』第一書房、一九三六年五月
『詩人の使命』第一書房、一九三七年三月
『無からの抗争』白水社、一九三七年九月
『日本への回帰』白水社、一九三八年三月
『宿命』（創元選書24）創元社、一九三九年九月
『昭和詩鈔』（冨山房百科文庫99）冨山房、一九四〇年三月
『帰郷者』白水社、一九四〇年七月
『港にて』創元社、一九四〇年七月
『阿帯』河出書房、一九四〇年十月

著者

萩原朔太郎（はぎわら・さくたろう）

一八八六（明治一九）年一一月一日群馬県前橋市生まれ。父は開業医。旧制前橋中学時代より『明星』に短歌が掲載される。一九一三年、北原白秋主宰の詩歌誌『朱欒』で詩壇デビュー。同誌の新進詩人・室生犀星と生涯にわたる親交を結ぶ。一九一七年第一詩集『月に吠える』を刊行し、日本近代詩の確立者となる。詩作のみならずアフォリズム、詩論、古典詩歌論、エッセイ、文明評論、小説など多方面で活躍。詩人批評家の先駆者となった。一九四二年五月一一日没。

編者

安　智史（やす・さとし）

一九六四生まれ。立教大学大学院博士後期課程修了。愛知大学短期大学部教授。著書に『萩原朔太郎というメディア　ひき裂かれる近代／詩人』、共著に『和歌をひらく　第五巻　帝国の和歌』、論文に「萩原朔太郎『月に吠える』と戦争」「〈郊外〉文学者・萩原朔太郎」等がある。

栗原飛宇馬（くりはら・ひうま）

一九七三年生まれ。日本大学大学院芸術学研究科博士後期課程芸術専攻修了。デジタルハリウッド大学非常勤講師。論文に「萩原朔太郎研究・思索の軌跡―「未発表原稿」を視座として」「萩原朔太郎の手品と詩学―『詩の原理』の根底にあるもの」等がある。

詩人《しじん》はすべて宿命《しゅくめい》である——萩原朔太郎による詩のレッスン

二〇二二年十月五日初版第一刷発行

著　者　萩原朔太郎
編　者　安　智史・栗原飛宇馬
発行者　佐藤今朝夫
発行所　株式会社国書刊行会
東京都板橋区志村一—十三—十五
電話〇三（五九七〇）七四二一　ファクシミリ〇三（五九七〇）七四二七
印　刷　株式会社エーヴィスシステムズ
製　本　株式会社ブックアート
ISBN978-4-336-07393-8